朋友
　东荡子

朋友离去草地已经很久
他带着他的瓢，去了大海
他要在大海里，瓢取海水
远方的火焰正把守海水
他带着他的伤
他要在火焰中盗取海水
天暗下来，朋友要一生才能回来

　　　　1995.12.中旬的出租屋

东荡子诗文集·诗卷

DONGDANGZI SHIWENJI · SHIJUAN

世宾 聂小雨 苏文健 编

东荡子 著

时代出版传媒股份有限公司
安徽文艺出版社

图书在版编目（ＣＩＰ）数据

东荡子诗文集. 诗卷/东荡子著；世宾, 聂小雨, 苏文健编. —合肥：安徽文艺出版社, 2017. 10
　ISBN 978-7-5396-6221-3

Ⅰ. ①东… Ⅱ. ①东… ②世… ③聂… ④苏… Ⅲ.
①中国文学－当代文学－作品综合集②诗集－中国－当代
Ⅳ. ①I217.2

中国版本图书馆 CIP 数据核字(2017)第 240181 号

出　版　人：朱寒冬
责任编辑：姜婧婧　　宋晓津　　装帧设计：徐　睿
⋯⋯⋯⋯⋯⋯⋯⋯⋯⋯⋯⋯⋯⋯⋯⋯⋯⋯⋯⋯⋯⋯⋯⋯⋯⋯⋯⋯⋯⋯⋯⋯
出版发行：时代出版传媒股份有限公司　　www.press-mart.com
安徽文艺出版社　　www.awpub.com
地　　　址：合肥市翡翠路 1118 号　　邮政编码：230071
营　销　部：(0551)63533889
印　　　制：安徽新华印刷股份有限公司　　(0551)65859551
⋯⋯⋯⋯⋯⋯⋯⋯⋯⋯⋯⋯⋯⋯⋯⋯⋯⋯⋯⋯⋯⋯⋯⋯⋯⋯⋯⋯⋯⋯⋯⋯
开本：787×1092　1/16　印张：28.25　字数：400 千字
版次：2017 年 10 月第 1 版　2017 年 10 月第 1 次印刷
定价：68.00 元(精装)
⋯⋯⋯⋯⋯⋯⋯⋯⋯⋯⋯⋯⋯⋯⋯⋯⋯⋯⋯⋯⋯⋯⋯⋯⋯⋯⋯⋯⋯⋯⋯⋯

喧嚣为何停止

——市井小巷的觉者

世宾

　　市井小巷是描述东荡子生存的时代和他的生活环境。包括他在乡村时期进入诗歌写作的地理环境,以及在所谓的城市时期觉悟或者说打开一个新的精神境界的生存空间和思想背景。市井小巷是城乡接合部的具体化,是这种生存和现象的落实。东荡子生活的市井小巷在描述上要更现实些、具体些,象征的成分要少一些。乡土中国的背景和血脉紧紧地系牢了他这一代人的根,而他们努力地进入城市,却到现在为止只能来到城乡接合部,他们的精神面貌、思想、举止都只适合城乡接合部的生活。这城乡接合部作为象征也描述了东方文化在现代世界文化格局中的位置,远古的来自土地的智慧依然给时间上的当代东方提供着思想的养分,而现代的生活方式和精神却从西方蜂拥而至,迫使古老的东方必须去面对、去改变。我们此时正居住在城乡接合部,我们此时正在市井小巷里出没。

　　正是对于过度的现代性的忧思,对于中国文化中富有活力的精神因子的敏锐觉察,东荡子正在背朝乡土、面向城市的市井小巷里,思考着生命的可能、文化的可能,他的一生就是怀着喜悦在市井小巷里践行着他的思考。他把这些思考化成了语言,化成了诗。他依靠诗歌,建立了一个宽阔的、没有障碍的,作为东方觉者的诗歌世界。

一、被预言了的命数

1

　　东荡子的诗歌还未获得广泛的认可。在他在世时,我们常常彻夜长聊,我和他相处的时间比自己亲兄弟还要多。那时,我还不能也无法把那些伟大的词语献给他,虽然我已深知他诗歌的价值。我们像所有平凡的人一样,依靠友谊和向对方敞开的心灵互相鼓励、互相温暖。当然,我们并不是孤单的,在他的周围,还有不少的朋友在聆听、在唱和。但在更广阔的诗歌群众中,他收获过赞美,也收获过误解和不以为然。面对东荡子的诗歌,我们需要借助一块高于庸常的基石(这基石是建立在历史和诗歌的知识,以及一种超越日常的需求和现实的应急解决方案的基础上,在生命可能及文化可能的维度上展开我们的想象;这基石同时要求我们必须要确保有足够的来自超越性的体验力和感受力),目光越过门槛向外眺望,去凝视在浩渺的星空中独自闪烁的那颗属于东荡子的星球,去瞩目它的体积、凹凸、皱褶,去感受它运动着的力量和现在还难以觉察的吸引力。它在 21 世纪的东方散发出的光芒会汇入无边的星际。

目前,诗歌大众更热衷于以一个普通人的心理状态、现实诉求和阅读习惯来理解东荡子和他的诗歌。他们会说:你和大家喝着同样的水,呼吸着一样受污染的空气,你和大家一样有欲望、有恐惧,有一点点不好说出的希冀,你也就是普通人一个;你诗歌中的高蹈,你的超越烟火气是你的妄想,是你的自我膨胀。这是东荡子活着时诗歌不被理解的直接原因。当然,许多诗人和评论家由于自身的原因,他们并没有也无法真正静下心来,进入东荡子的诗歌世界,去体会他建构的世界以及从那世界散发出来的语言的魅力,使他们匆匆错过这一束在他们身边一闪而过的亮光。更深刻的原因,可能是我们置身于后现代的文化潮流里面,一切时尚、流俗,以及碎片化、平面化、去深度化的生存处境使人们失去了体验深刻、丰盈的生命的能力;或许由于自我保护机制的作用,使他们把来自深沉的、厚实的生命感悟标识为对庸常的敌意或故弄玄虚而加以排斥;或者干脆以不合时宜为借口把它藐视地扫到一边。在由庸俗的诗歌(由意识形态和后现代趣味构成的)主导的现代汉诗诗坛,东荡子的那些建构性的诗歌的命运也就可想而知了。但这一切并不会改变东荡子诗歌在百年现代汉诗中的价值、成就和作用,以及他必然要获得的影响力和地位。我曾经说过:"对他(东荡子)的诗歌的认识程度将在未来严重影响现代汉语诗歌的创作、成就和可能。"

"影响"一词我甚至可以改成"决定"。随着东荡子去世时间的延长,他的诗歌的重要性越发显现出来。就像之前说过的,在他活在我们身边的时候,我们不敢也不能把伟大的词语加在他的身上。活着,那是多么脆弱而小心翼翼的生命啊!我们都在探索、思考,都在左右为难,我们还为"大海也有边界"流下了眼泪。在我们的聊天中,以及他写下的诗篇中,我们可以看到,在他的生命中已敞开了另一个空间,他艰难地,但无畏地、宽阔地活着,他甚至担当起了修复人世缺口的责任,"让他们去天堂修理栅栏吧／那里,有一根木条的确已断裂"(《让他们去天堂修理栅栏》)。纵使他在他的身上已经完成了生命和文化的建构,我们依然吝惜地把那些伟大的词语只献给远方和消逝的历史。但如今,东荡子走了,他已经放下了他在世间不多的怯懦、欲求和本已经坦荡的胸怀,他已经将生命支付给他留下来的每一个字。

2

也许东荡子早就意识到自己的这种命运,他并不渴求他的诗歌在有生之年获得广泛的理解和接受,在1997年1月6日,他骄傲地写下了《诗歌是简单的》一诗,注释了自己的命运,人的命运,一切蓬勃生长的生命的命运。

> 因为思考而活着
> 在人群拥挤的喧哗中闻到香气
> 在单个的岩石上闻到生的气息
> 在人群、岩石、草木与不毛之地
> 也会闻到所有腐臭和恶烂的气味
> 诗歌是简单的,我不能说出它的秘密
> 你们只管因此而不要认为我是一个诗人
> 我依靠思索
> 穿过荆棘和险恶而达到欢迎我的人们
> 铁树在我临近的中午开花
> 铁树的花要一个长夜
> 才会在清晨谢去,那时我遁入泥土
> 因为关闭思考而不再理睬世间的事物
> 鸟儿停顿歌唱,天空定有瞬息的凝固
> 你们挫败了我,是你们巨大的光荣和胜利
> 而我只是一株蔷薇草,倒在自己的脚下
> 风很快就把一切吹散

面对这种被遗忘、与万物相伴随的个体命运、时代命运,东荡子没有哀叹,他像所有英雄主义者一样在困难之中无畏地、欣然地、骄傲地接受了这种命运。也正是这种从容的生命态度和英雄主义情怀使他的离世显得那么突然,他的死亡有如烈士倒在

冲锋的路上。他的眼前没有敌人、没有炮火,甚至没有死亡,他的眼前只有从容和尊严;他是如此不在意地迎接了死亡的到来。写于2010年的《别怪他不再眷恋》一诗,仿佛就在预告着他要向这个世界告别。

> 也许他很快就会老去,尽管仍步履如飞
> 跟你在园子里喝酒、下棋、谈天,一如从前
> 你想深入其中的含义,转眼你就会看见
> 别怪他不再眷恋,他已收获,仿若钻石沉眠

他如此从容地活着,他已经领悟了世间的一切,他已放下了世间的得失,不再眷顾。

2013年10月11日下午3点多,东荡子在自家的楼下猝然倒地,4点15分在附近的医院宣告去世。东荡子本来有时间自救,但因为大意或者无畏,一次次地错过。在前一天的晚上,他就感觉到胸口有些不适,但还是在床上看电影到1点多才睡觉;第二天上午出门后又感觉不适,他打电话给一个医生朋友,那医生让他赶紧到医院检查,他应允了却没有赶去。如果这时候他去医院,如果这时候立刻进行检查,可能就没事了,多少人心脏搭桥不照样长命百岁?直到下午3点多回到小区楼下,可能又感觉胸痛,他打电话让妻子聂小雨下楼扶他。如果这时候直接到医院(他家到医院不到5分钟的车程),这段并不拥堵的路程如果他踏上了,也许还是可以把他挽留在朋友们中间,但他错过了。心肌梗塞就这样让他来不及告别就离开了人间。

虽然东荡子匆忙地离开了人世,这是他自己也是所有人始料未及的,然而,这并不漫长的人生以及匆忙的离世,并没有给他留下多少遗憾和悔恨。他走得非常安详,几个钟头之后,他的身体还留着丝丝体温;两三天之后,纵使躺在冰棺里,他还像生前睡着了的样子。看着他躺在那里,或者在他装在一个坛子里已经四年后的今天,我依然像过去一样只是觉得他离开我们的身边,到远方去旅行了而已。他刚离世的悲伤慢慢淡化,他像一个故事或者一个奇迹,活在朋友们的心中。

3

该如何来描述东荡子呢?我不愿用天才来描述东荡子,他倒是有点像古希腊的悲剧英雄一样被命定要去完成一项事业,并必须以生命为代价。毫无疑问,东荡子有极高的诗歌天赋,按数量说,他并没有读多少本书,西方现代主义、后现代主义的经典

作家他也没法说出几位,更不清楚哲学和思想的发展历史和演变逻辑。他说他读名著时,不是为了学什么,而是为了找出它的问题,从而避免在自己的写作中出现。在他零碎的阅读中,他却敏锐地抓住了我们时代的症候并且在严厉地面对自身时建构了我们生命和我们时代文化的一个新的世界。消除生命和语言的黑暗是他在生活和写作时一再努力的方向;他时时警惕习惯、规律、权威和一切约定俗成的东西对鲜活的生命构成的陷阱;他努力超越并且身体力行地践行那可能的生命状态。也就是在这样不怠地面对自身的困境中,他有力地抵抗了现实对个体生命的异化和扭曲,一直保持着生命的激情和对美好事物的信任;并且,他通过自身的建设,实现了诗歌的重新建构,把思想、生命的感悟和语言结合到一起,创造了一个把东方智慧和世界文明结合的、具有强烈的现代感和生命深度的诗意世界。他称它为"阿斯加"。

东荡子在很年轻时,仿佛就意识到自己的命运,他真诚地、勇敢地担当起了这种命运。使他这样做的,与其归结为玄学,说是冥冥中的定数,不如说是他性格中的英雄气质和诗歌的悲剧美对他的召唤。在《诗人传说·秋:一路回家》中,他写道:

> 九月初十
> 这是我的生日
> **我还要选择它**
> **作为我的末日**
>
> 我只要
> 生日,和末日
>
> 不管平安
> 像太阳走一圈 我只要
> 圆满
> 回家

这首诗写于1989年之前,他还不到25岁。那时候他已有非常强烈的诗人意识,他和我说过:"那时候我不想做生意了,决定当一个诗人。当时在信用社贷了两三千块钱,我把能变卖的东西都变卖了,把贷的款全部还清。我想以后我是要当诗人的,诗人怎么能欠债呢?"他所意识到的诗人,已与一些人类的优秀品质结合在一起。诗人，已不是一个孤立的词，也不仅仅只是一种行为；他能感受到这个词所应该具备的某些内涵，高贵、深刻、超越性。东荡子是生于九月初十，逝于九月初七，九月初十恰好是他的遗体告别日。他在一首诗里写道：

> 我见过秋天
> 秋天像河流
> 我见过棺木，棺木装着我
> 漂在河流的上面
>
> 我在秋天里出生
> 打开眼睛就看见笑脸，而我哭着
> 还会在秋天把眼睛闭上
>
> ——《上帝在黑夜的林中》

我并不认为东荡子会通灵，知道自己的生死。这种死亡意识和对死亡时间的预言，更重要是来自一种献身的英雄主义和赴汤蹈火的悲剧美学；生死安排在同一天只是更加强化这种悲剧美的效果。他写下的诗篇不幸成谶。

二、从乡村出走的英雄主义

1

东荡子1964年10月15日（农历九月初十）出生于湖南省沅江县东荡村（又名东荡洲，现名南丰垸村），取名吴波。父亲的木匠手艺闻名十里八乡，母亲是个农民。有兄弟姐妹五个，排行老二。东荡村在已经裸露出来的古老的洞庭湖湖床上，村庄旁边的赤磊河是现在洞庭湖区的一部分。他的家乡风景优美，田野和沟渠纵横交错，植被郁郁葱葱。他儿时是一个无忧无虑的乡村野孩子，喜欢充当老大，他有许多点子，常常带着一班小伙伴在村庄和田野上游戏。

东荡子的读书生涯到高一就结束了，辍学后入伍，那是1982年。1983年部队精兵简政，他婉拒指导员的挽留，退伍。之后，乡村的生活迫使他必须为生计奔波。他可能已经不愿像父辈一样做一个面朝黄土背朝天的农民。在20世纪80年代的乡村中国，年轻人开始向往城市，至少是小县城的生活，那里的生活更加丰富，有更多的文化生活,更加自由,虽然和90年代相比,那还是非常简陋、低层次,但足以诱惑乡村的孩子抛弃父辈的一切,包括土地、祖屋和他们的生活、训诫。但刚刚退伍期间,他还没有能力和勇气走出乡间,他在村里当过代课老师、开过照相馆,后来又到镇里开餐馆,餐馆倒闭后,他向信用社贷了款,购置了一辆摩托车,走街串巷收购蓖麻、倒卖蓖麻。这一切折腾,最终都以失败告终。

回看东荡子那几年生活,他就像一个一无所有的乡村青年,没有手艺,没有资本,也没有值得夸耀的社会视野,只是一个不安于土地劳作的农村孩子,在努力挣脱土地的束缚,摆脱父辈的命运。我们此时向后眺望,可以见到一个个子一米六几、皮肤白净、身材敦实的青年,在湖南沅江南大膳镇尘土飞扬的大街小巷和乡间的泥泞小道上奔波的身影。他气喘吁吁地叩问着未来的出路,在郁闷、不安和厌倦中消耗着时光。

早在1980年前后,那时东荡子还在读初中,他开始阅读一些诗歌刊物,并模仿着里面的诗歌不断地写呀写呀。那时很快就要考高中了,他父亲担心他会因为写诗而误了读书,有一天,他父亲一手就把诗刊送入正在燃烧的火炉里,并赠送给他一句令他一生难忘的话:"杜甫死了埋蓑土!"他哭着从火炉里抢救出已经烧残了的诗刊,可是火焰很快就把火炉里的诗刊吞噬了,"我要做诗人!我要做诗人!"他一生命运的注脚。那是在冥冥之中他的生命的觉醒这一句话,仿佛就成了他还没清晰理解诗人这个概念,但他已被诗人这个词拥有的光环所吸引,就像在黑暗里瞥见一点亮光,他便奋不顾身地扑了上去。在他还对人生懵懵懂懂的时候,当他为诗歌写下第一个字,他的命运就和诗歌联结在了一起。这个词引领他去思考生命的可能、生活的可能、语言的可能;由这些思考所形成的思想的引领,展开了他一生的叙事。可以说,"诗人"这个词,赠予了东荡子一生的命运,他的困难、欢乐、友谊和骄傲,都由这个词带来;这个词赠予了他背后一个广大的世界,一个幽暗、深邃和可以抵达的世界。

1987年,他放弃了在乡镇做一个小生意人的幻想,向故乡以及它的一切秩序、命运背转身去,开始了他作为一个流浪诗人的生涯。他还清了所有的银行贷款,一无所有地来到沅江县城,每天"晒着自己的太阳",写诗,会见朋友;和沅江的青年朋友创办了油印刊物《青春诗报》(原定名《湘北诗报》),后来在益阳又和朋友编印了《圣坛》。他狂热地写诗,有时一天可以写20多首诗,用多个笔名在一些民刊上发表。那时,他把流浪当作诗人的使命,他认为诗人只有在流浪和一无所有中才能成长。随后,他常常以诗会友,到周围的各地走走,并且这一走,就越走越远,走到北京、上海、海口、广州,边走边恋爱,边走边写作。

在这些年里,东荡子一直过着清贫的生活。物质生活的匮乏并没有使他气馁,他的生活沉溺在朋友的友谊和诗歌的热情中。

> 秋天的王
> 王中的王
> 我仍过着清贫的生活
> 拿一根水草当粮
> 当床
>
> 梦中感激的麋鹿
> 两只小蹄,踏入梦中
> 挡不住的快活
> 如大米
>
> 井里升起的歌曲
> 两支歌曲一停
> 我就成了她的新郎
>
> ——《我仍过着清贫的生活》

　　这样的诗句写于在益阳或沅江的日子,那是他刚放下做一个幸福的普通人的愿望离开他的故乡,过着一贫如洗的日子时写下的诗篇。这首诗可以当成那时他的生活和内心的写照。在这个时期,他还没有清晰地意识到自己生活和诗歌的方向,但在贫困中,他分明感受到了快乐,无畏地接受了他这一生就要与清贫、与快乐结伴而行的命运。正是这种坚定的信仰,或者说正是这种感受到生命绽放的喜悦,使他不再计较生活的得失,不再沉溺于生命的悲苦,满怀期待地迎接着未来的日子。

2

　　1989年春,东荡子通过朋友介绍,到鲁迅文学院学习,在北京北海公园写下了《旅途》一诗:

> 大地啊
> 你容许一个生灵在这穷途末路的山崖小憩

可远方的阳光穷追不舍

眼前的天空远比远方的天空美丽

可我灼伤的翅膀仍想扑向火焰

　　这时候，在他年轻的心灵里面，已经清楚地看到了命运的安排、听到了生命的呼告。这时候的东荡子已经获得了勇气和生命的宽阔，障碍已经消除，无论活到什么境地，他都不会抱怨，他的从容和深邃的内心已建立起来。"眼前的天空远比远方的天空美丽"，他有时连买一包烟的钱都没有，但他从不哀叹、从不怀疑生命可以达到的快乐；在哲学上，他已经意识到眼前和所谓的远方在本质上的一样。这和他后面的诗歌一样，他愉快地接受了一切命运的馈赠，他知道贫困和欢乐并没有因果的关系。在这诗中，我们能看到那命运是如此宽容，纵使贫困、走到"穷途末路"，它也会让你在山崖边休憩。而我们的心就是要"自作多情"（东荡子语），就是必须自作多情，就是要不断扑向那远方，那可能让我们粉身碎骨的"火焰"。这是一种觉悟，但这种觉悟不是佛家的，也不是基督教的，东荡子的觉悟不是关于拯救的，是关于行动的，就像他说的，"诗歌是一个动词"。东荡子的觉悟并不是为了拯救，他甚至不祈求拯救，就像他对神的怀疑一样。

我从未遇见过神秘的事物

我从未遇见奇异的光，照耀我

或在我身上发出。我从未遇见过神

我从未因此而忧伤

可能我是一片真正的黑暗

神也恐惧，从不看我

凝成黑色的一团。在我和光明之间

神在奔跑，模糊一片

——《黑色》

　　他从未想在神那里得到拯救，但他相信心灵。他知道人的肉身和心灵的脆弱，他知道我们的生命永远处于黑暗之中，因此，在他后来谈论"完整性写作"时，他说"诗人的工作就是消除内心的黑暗"，这黑暗就是外部的疾病、战争、灾难、强权、死亡，内部的恐惧、谎言、人云亦云、嫉妒、绝望、懦弱。东荡子更强调消除内心的黑暗。在面对无神的世界、贫困的现实,他没有抱怨,他怀着喜悦勇敢地去追求自己的内心——那死亡和涅槃的火焰。

这种赴死和"不计后果的真诚"(东荡子语)的勇气或者说觉悟,我们可以解读为东荡子的英雄主义。这绝不是鲁莽的英雄主义,而是一种觉悟——绝对的放弃和绝对的爱——的东荡子式的英雄主义,他清楚地理解和体验了现实与理想(诗意的存在)之间的关系,并勇往直前。

在物质匮乏的乡村,在贫困的青年时代,英雄主义是一种不可或缺的品质,没有英雄主义,现实的匮乏和困境就会像一头猛兽一样把人吞噬,人会在怯懦和平庸中被异化、被抹去;只有英雄主义,才使"我"能被自己觉察到,才使"我"从秩序和必然中活起来,虽然有时活得很狼狈。英雄主义在 20 世纪 80 年代是一种青年觉醒的象征,它成为一个时代的症候,一种文学的气质,一股文学的潮流。这种英雄主义区别于朦胧诗时期的英雄主义,后者被描述为集体英雄主义,而前者就是一种个人的英雄主义,它们更关心个人的生活、个人的存在,更在意个人可以抵达的地方。在当时,这种英雄主义有两种倾向,一种是莽汉英雄主义(或者说文化的英雄主义),一种是觉悟英雄主义(或者说诗性的英雄主义);英雄主义事实上是个人主义觉醒的前夜。莽汉英雄主义与城市阿飞文化和地域的袍哥文化、土匪文化、小农文化结合,这种倾向后来成为文学的"显学",美其名曰"先锋文学",也是所谓第三代诗歌运动的产物;而觉悟英雄主义并没有受到重视,在我们缺乏高贵的文化、高贵的灵魂的现实面前,被彻底忽视了。这也是东荡子诗歌命运的历史必然。东荡子就是在这股潮流的滋养和激励之下,挣脱了乡村命运的束缚,追寻着自己的内心的道路。他奇迹般地没有被莽汉的潮流席卷,而是孤独地保留在自我命运的拷问之中。

在 1993 年的益阳,东荡子每天在自己命名为"首阳山"的小山包上一无所有地晒着太阳,在那里,他写下一首后来不断被传诵的诗歌《水又怎样》:

> 我一直坚持自己活着
> 疾风与劲草,使我在旷野上
> 活得更加宽阔
>
> 为什么一定要分清方向

为什么要带走许多

我不想带走许多

我需要的现在已不需要

光明和黄金

还有如梦的睡眠

是诗人说过的,一切

都是易碎的欢乐

我确实活得不错

是我知道路的尽头是水

水又怎样

我就这样蹚过河去

作为乡村的觉醒者,作为乡村的英雄主义者,他就这样怀着贫困的欢乐和无畏的诗歌精神,走向了他一去不复返的命运。

三、觉醒者的世界:喧嚣为何停止

喧嚣为何停止,听不到异样的声音

冬天不来,雪花照样堆积,一层一层

山水无痕,万物寂静

该不是圣者已诞生

——《喧嚣为何停止》

1

东荡子于 2008 年 7 月 16 日在他居住的增城九雨楼写下这首诗,这首诗现在就刻在他的墓前。那时东荡子刚结束漂泊的生活,和妻子聂小雨搬进九雨楼不久,也是他结束5年的停笔,进入"阿斯加"系列诗歌写作不久①。那些日子,他的灵魂充盈着诗的欢乐,每隔几天就有一首诗被写下,有时一天能写两首;并且每一首的诗艺都那么精粹,诗意都达到极高的境界。2008年8月的一天,我和怀孕的妻子去增城参加一个朋友间的小型采风活动,我们两家人坐在挂绿广场的商场里,他拿出自6月30日写下的《倘若它一心发光》以来的系列诗歌给我看。看着这些诗歌,当时我的心被紧紧揪住了,我的眼睛里有了泪光,我说:"这可能是伟大的诗歌!"我被他诗歌到达的高度深深地震撼,也被诗中处理死亡的态度感染,整个脑子萦绕着生命哲学的种种问题——我被惊呆了。东荡子庄重又得意地看着我,说:"你可以不写诗了,就专做我的研究。"聂小雨笑着轻扯了下他的衣衫:"你怎么能这么说?!"这情景多年以后,我依然历历在目。

东荡子从开始写诗到他去世大概27年,写下300来首诗歌。他是背负着诗歌在大地上流浪的赤子。东荡子是农民出身,读书不多,做各种小生意和临时工作的时间都不长。他爱上写诗后,搬到沅江县城。1989年经朋友介绍,先后在鲁迅文学院和复旦大学作家班进修,时间也都是几个月。1994年至2005年几年间他在深圳、广州、长沙、益阳等地写诗、交友、工作、闲居;2005年重新恢复了家乡已经被注销的户口,落户增城,任职于增城日报社;2006年在家人的帮助下,和妻子聂小雨搬入九雨楼,终于安定下来。

东荡子一生的诗歌写作贯穿着英雄主义和浪漫主义气质,经历了三个阶段:1986年到1994年,这个时期表现出一种英雄主义,像《旅途》:"眼前的天空远比远方的天空美丽/可我灼伤的翅膀仍想扑向火焰";像《水又怎样》:"疾风与劲草,使我在旷野上/活得更加宽阔……是我知道路的尽头是水/水又怎样/我就这样蹚过河去";像《英雄》:"我的手//你为什么颤抖,我的英雄/你为何把喜悦深藏/什么东西打湿了你的泪水/又有什么高过了你的光荣"。这是东荡子的青春时期,贫困,四处流浪,寻找生活的出路;但挫折和不顺永远与他相伴。这是一个充满着幻想的农村孩子的命运。在80年代末到90年代初,虽然理想主义在社会开始退潮,但在这个农村孩子的心上,他可能因为诗歌和爱情,依然对生命的未来保持着强烈的信心。他在贫困中把自己化身为英雄,"疾风与劲草,使我在旷野上/活得更加宽阔"。东荡子告诉我,1992年11月初,他和一个朋友弄了个假军人证跑到深圳,在大街上被识破了,被赶出城外,住在宝安的小旅馆里,几天找不到工作;8日晚上,他忽然意识到他必须担起这颗

① 2006年东荡子搬入九雨楼后创作了一批散文,但诗歌一直处于搁笔阶段。

沛流离的命运,便在烟盒的背面写下了《英雄》这首诗。在这个时期,他的诗歌已经呈现出非常成熟的一面,他不像很多初学者那样在这种生活面前怨怨艾艾,而是把自己的命运普遍化,把泪水化成了歌,一种勇气的美学产生了。第二阶段,1995 年到 2002 年,这是"完整性写作"的时期,也是他一直思考的"在做人和写作中消除黑暗"的时期。"完整性写作"①和"消除黑暗"这些概念都是在 2003 年 7 月《诗歌与人》推出"完整性写作专辑"才提出来的,但在东荡子的写作中,他的写作已先于理论形成了自己的风格。1995 年,东荡子因为爱情和友谊开始在广州定居下来,其中几次离开,到长沙和益阳闲居或者办农场,但都在一段时间后或不适、或失败,又回到广州。这时候他开始追求在诗歌中呈现一个有爱、有尊严、有存在感、宽阔、没有障碍的世界,虽然他清楚知道破碎、奴役、贫困、疼痛作为时代和人类的命运无法逃避。这个时期,东荡子已意识到一种区别于日常(伦理、道德、生命诉求、生命可能等)的神圣性②或者说超越性价值存于世界和他的生命中,当然他也意识到担当这种命运的后果,也许会"因热爱而愤怒地死在它的土地上";他一次次地喊着"阻止我的心奔入大海",但他依然怀着喜悦和骄傲追逐着那神圣世界告诉他的美。我们能罗列这个时期他的诗篇说明这一点:《阻止我的心奔入大海》《盲人》《他相信了心灵》《预言》《黑色》《上帝遗下的种子》《上帝在黑夜的林中》等等。第三阶段,2008 年之后,他不再纠缠于现实和命运,他的诗歌写作已经超越了生死,超越了现实的对与错、毁灭与生长、爱和恨的纠缠,他认为这些人生事不必过于放在心上,一生"只有一炷香的时间"(《祭坛》)。通过对个体命运的反抗,对现代社会的审视,以及对生命的可能性的追寻,东荡子仿佛有了觉悟,他开始建构一个超越性的世界,一个具有东方文化所能支撑的、在人性与神性之间的现代的"圣者"或者"菩萨"的世界;他把这世界命名为"阿斯加"。"阿斯加"是一个世界,也是一个人;这个世界东荡子称之为"光明境界"或"圣者"的境界。

2

《喧嚣为何停止》这首诗是阿斯加系列中的一首,只有短短四行,却凝聚着东荡子对"阿斯加"世界可能的追问,以及对新世纪中国现代诗歌的东方境界美学的建构

① 参见拙著《梦想及其通知的世界》,北京:中国戏剧出版社,2009 年版。
② 这种神圣性不一定和宗教有关系,它事实上是把一种区别于现实文化的超越性文化作为写作资源在诗歌中加以贯彻,以及诗歌中的民族文化的最高可能的呈现。在东荡子这里,它是一种东方圣者的怀疑论的体现。

的想象。

诗的第一行"喧嚣为何停止,听不到异样的声音",这是一种不同凡响的体验。有朋友问我,在现代怎么能够没有异样的声音呢?是的,作为现代世界,一切都是异样的;但是,当进入"圣者"或者"菩萨"的世界里,异样的声音就可能消失了,他们不再争夺,不再欺凌或被欺凌,不再哀号和恐惧,生命呈现了宁静、安详、宽阔、充满爱而没有畏惧的状态。在我们的文化中,或者说,在人类的生命里,这一境界的存在是可能的。现代的理性和经验告诉我们,我们易朽的肉身是无法成为神、神仙,或者什么不朽之物的,但我们的灵魂、德行、意志力,以及觉悟的灵性能把我们的生命带到一个宁静的境地。这个境地不是天堂或者仙界,而是连接着地面和天空的高处,这个地方居住着里尔克的"天使"、佛家的"菩萨"、东荡子的"圣者",这里体现着现代文化(世界的、民族的)的最高可能,也体现着这文化赋予生命的最高可能。东荡子显然已经意识到或体验到这个境地。当诗歌界还在熙熙攘攘地纠结于口语/书面语、修辞学、后现代语境下的书写、如何进入现实等等所谓"真"问题,他却孤独地进入了自己的生命体验里。我相信当东荡子的写作抵达这个境地时,他的生命状态和内心是宁静的、喜悦的、骄傲的。骄傲是作为一个易朽行列中的一员领先跃入另一境地;骄傲是一个多年的写作者有如得到神祇般抵达一个同代人遗忘的地方。在写作《喧嚣为何停止》的同一天,他还写下《他却独来独往》一诗:"没有人看见他和谁拥抱,把酒言欢/也不见他发号施令,给你盛大的承诺/待你辽阔,一片欢呼,把各路嘉宾迎接/他却独来独往,总在筵席散尽才大驾光临。"显然东荡子已经意识到自己已孤独地走向了远方,走向了一个生命更加宽阔的境地。他不再纠缠于日常的、现实的得失,他放下了撕裂、痛苦、挣扎,这一切易朽生命的常态;他欣欣地接受了这种"独有一人"的命运。

在"天人合一""和谐"等文化的熏陶下,也有一些诗人理解和努力去触及调和了的世界①,但这种理解和呈现有想当然的成分,因为我们必须面对一个破碎的、撕裂的、暴力的世界。东荡子的高明之处在于他抵达了一个宁静之地,但他从未放弃对于疼痛世界的感受和被伤害的命运的担当。

> 他已不再谈论艰辛,就像身子随便挪一挪
> 把在沙漠上的煎熬,视为手边的劳动

---

① 如黄灿然的《半斤雨水》,载《特区文学》2017 年第 1 期,就没有经过疼痛的洗礼而直接与外部达到和解,使这种和解变得廉价。

将园子打理,埋种,浇水,培苗

又把瓜藤扶到瓜架上

——《别怪他不再眷恋》

他们说我偏见,说我离他们太远

我则默默地告诫自己:不做诗人,便去牧场

挤牛奶和写诗歌,本是一对孪生兄弟

——《不要让这门手艺失传》

纵使在《喧嚣为何停止》这么短的诗篇里,他也通过修辞来建立与破碎时代的联系,"听不到异样的声音",恰恰证明异样的声音的存在,但诗人的生命境界已上到一个更高的境地,他不再被伤害,他不再纠缠,在宽阔里,生命坦坦荡荡、从从容容,安详、宁静降临了。

"冬天不来,雪花照样堆积,一层一层/山水无痕,万物寂静",这里仿佛描绘了一幅独钓寒江雪的画卷,辽阔、寂静,接千古之悠悠,与天地共一色;这是中国文化中独有的语境和生命的境界。中国的传统心性论认为人的心性有能力承载天地之道,感召天地之道,是人在弘道而非道在弘人。① 但在现代,人已被物及其制度格式化了,人还有能力弘道吗? 还有能力去承载天地之道吗? 虽说西方基督教认为人有原罪,必须依靠人格神来救赎(这是神本主义),但在西方欧洲,人本和神本是互动的,在文艺复兴时期,就完成了人本和神本的互动,并在启蒙运动时期发展了人的理性对神之德行的感召②。东荡子一方面发展了东方心性对天地自然的感召,一方面没有放弃对现实的感受和承担。这使他的诗歌具有了强烈的现代性,又具有东方文化本体论价值的意义。"冬天不来",既有刻画一幅冬天图景的意味,又在承接上句"听不到异样的声音"在更深刻的意义上道出人类在现代的命运及心性对于建构生命境界的巨大能力;"雪花照样堆积,一层一层",无论人类或个体处于怎样的生存境地,一个生命的觉悟,就有能力去呼应天地之道,重新建构一个宽阔的世界。

"该不是圣者已诞生",回应了上面种种发生,唯有圣者的内心,只有到达圣者的

---

① 陈世锋:《境界与超越——东西文化的形而上对话》,北京:世界图书出版公司,2012年12月版。

② 康德:《康德著作全集第3卷·纯粹理性批判》(第2版),李秋零译,中国人民大学出版社,第373—434页。

境界,才能抵达没有异样声音的世界。但这圣者,必须是现代的圣者,必须经过理性的洗礼,必须经过现代的撕裂和疼痛,才能创造一个宽阔的、没有障碍的世界。这是现代诗歌区别于古典诗歌的根本所在,这也是现代诗学的基本要求。

伟大的现代诗歌传统既要紧贴着地面,落到现实之上的,运用"世界文化"作为思想资源和价值资源,对被暴力和碎片化统治的世界进行批判,并重建一个真诚、富有勇气、美好的世界的诗性写作,也需要一个对人类文化进行重新想象,从无中生有的,具有文化创造,具有世界或民族的时代最高文化建构的诗意写作。东荡子2008年之后的"阿斯加"系列写作,当属后者的写作,它在新诗百年的写作史上,具有开拓性的意义,它开拓了境界美学的写作。

3

在现代世界,处处都充满异样的声音,这是我们对现代的本质性理解和体验;当整体性被打碎之后,碎片化的生活就充斥着人类生产、消费的方方面面。神的退场①和再造世界②的形成,强烈地注释了现代生存的本质以及文化的可能,它注定了时代已经不是上帝(诸神)或者全能英雄的叙事,而是人在某种更高力量(类似于康德的关于上帝的"实践的设准",或者中国的道)感召之下对人的可能性和文化可能性的呈现(出场)。这种更高力量来自人类文化和人类生活中曾经存在的最高存在和新的想象——但这种可能性还没有全部出现,譬如欧洲15世纪之前的上帝,或者中国18世纪之前的自然。但在这一切都消失了的现代,异样、破碎植入了一切再造之物和生活的里里外外,已不再有完整之物,已不再有纯粹的存在。但在人类的生存中,必须有一种文化(创造物,诗)指向高于现实的存在,才不至于把生存压缩到一个逼迫的平面。那就是在现实的文化之外,必须有一个文化的想象,必须努力去呈现人类的或民族的文化的最高可能;这种最高可能与时代血脉相连。这就是"境界美学写作"在当代的文化依据和生命的价值依据。

王国维在《人间词话》中说:"词以境界为最上。有境界则自成高格,自有名句"。③ 境界一词在王国维这里主要是指向炼词造句的水平。在本文中,境界论更重

---

① 康德在1790年就宣告"无论从经验还是理性,都无法证明上帝的存在",参见《判断力批判》。

② 中国的自然观认为道法自然,自然为最高存在。但工业文明之后,在自然界里,纵使在无人涉及的地方,也落满了人类生产的尘埃,一切都落下人类生产的印迹。

③ 王国维:《中国人的境界》,中国工人出版社,2013年11月版,第64页。

要的是指向天地人的关系,指向超越的意义,是诗人依靠德行和心性达到更高的境界(无中生有的境界,但它又对应着时代的文化最高可能)的回头对践行的判断和最终的呈现。

有学者认为,新诗百年的历史可以划分为三个阶段:第一阶段,1916年新诗初创到1949年;第二阶段,1949年到1978年;第三阶段,1978年到现在。① 从这三个历史时期的写作看,中国现代诗歌显得还未完全成熟,主要特征就是空间感不足,这百年三个阶段的诗歌写作一直被局限在现实的空间里。我们原有的文学理论、审美趣味以及现实急迫的民族命运促使百年诗歌一直在现实的空间里打转:第一阶段是民族图存救亡,第二阶段是社会主义建设,第三阶段是改革开放,这些无法喘气的时刻以及由历史现实培养起来的审美标准,以及趣味强烈地迫使、影响中国的诗歌走向,对现实的关怀成了写作的最高伦理和最高诗意("诗意"一词应该是诗性才准确),诗歌想象的空间(诗意空间)从未被打开。诗就是无中生有,就是依凭诗人的想象,创造一个"对现实熟视无睹"的世界,但这世界又呈现了时代的文化最高可能。在西方欧洲,康德宣告了上帝已死,他说:无论从经验还是理性,都无法证明上帝的存在,但为了最高道德的需要,我们必须假设上帝的存在。这在他的哲学中,叫"实践的设准"。

如何理解境界呢?或者何谓境界的高低呢?弘一法师在临终前最后写下"悲欣交集"四字。我曾经站在"完整性写作"的角度理解弘一法师这句话,认为这是对人生况味的体验:人生是痛苦的,但在活着的时候,没有妥协,勇敢地担当了自己的命运,所以在死去的时候,可以欣然离去。这句话叶圣陶先生理解为一辈子好好地活着,到现在好好地死,欢喜满足,了无缺憾。但这样解读还是在一个有所担当的普通人的角度理解弘一法师的感受,这是诗性的理解。弘一法师是个得道的高僧,他应该有更高的境界,他不应该总是执着于"我"的感受。当我问一个学佛的朋友,他告诉我,这句话的本意应该是:拔一切众生苦,予一切众生乐。我豁然开朗。必须到这里,才能显现弘一法师的水平,这才是他的境界,一个诗意的境界,这是慈悲心、菩萨心才有的体验。但在现代诗歌写作中,这种境界还必须与时代产生某种联系,不能凌空蹈虚,和人类的当下生存毫无关联。

历史经验告诉我们,走出中世纪之后,神和全能的英雄不再统治世界,这世界已经归还给人;但在西方的文化里,人类与神还依然保持着千丝万缕的关系(康德的

---

① 徐敬亚与唐晓渡在2016年在"百年新诗 天山论剑"会议上的对话,参见《西部》2017年第1期的会议实录。

"实践的设准")。因此有18世纪末到19世纪初荷尔德林写下的诸神遁走之后依然留下踪迹的阿尔卑斯山和莱茵河的归乡系列,有19世纪末到20世纪初的里尔克写下的天使系列,那是在上帝已死的时代欧洲文化和人的最高可能。"在这贫困时代,诗人何为?/可是,你却说,诗人是酒神的神圣祭司/在神圣的黑夜中,他走遍大地"(荷尔德林《面包和美酒》),"今夜,我的心/使天使们歌唱、回忆/由深深的缄默所吸引/有一个声音几乎不属于我//起身,终于决定/一去不复返/爱,和无畏/如何结合在一起"(里尔克《果园》第一首),"如果我叫喊,谁将在天使的序列中/听到我"(里尔克《杜伊诺哀歌》第一首)。如果诸神和天使真的是没有的,那诗就是俗话说的无中生有;如果上帝在西方的文化里是最高的存在,那诸神和天使就与上帝有着蛛丝马迹的联系,但他们已经从天空降到了高处,他们居住在人和上帝之间,在个空间是缄默的、寂静的、安详的,他们置身于"贫困时代""异样声音的世界"和有"畏惧"的世界,但他们的写作不陷于里面,他们依靠自己的德行和心性,履行了诗人的职责,"为他终有一死的同伴寻找一条出路"(海德格尔),创造了一个高于现实的世界,一个高处的世界,一个更高境界的世界。在中国,佛(佛家)、自然(文人)曾经是最高存在,但在科学和现代的生活里,它们也远去了,消失了,但人可以修炼到"菩萨"或者"圣者"的境地,这个境地既有人性又有神性,菩萨的慈悲和圣者只有爱而不索取就是人性被更高力量照耀的结果。《孟子·尽天下》说:"可欲之谓善,有诸己之谓信,充实之谓美,充实而有光辉之谓大,大而化之之谓圣,圣而不可言之之谓神。"从行为实践的角度看,我们作为有限性的人,最高的可能只能在大和圣之间摇摆,但在精神性上,我们是能体验和抵达圣者的世界的。境界美学就在这里展开。这个世界也可以称为神圣性世界、觉者的世界,是境界美学写作所要抵达的地方。

这一写作传统在西方一直被隐秘地保存着,瓦雷里意识到了这个境界的存在,他在停笔十年后,写出了《海滨墓园》;茨维塔耶娃在她23岁通过帕斯捷瓦纳克认识里尔克,她就深切理解了诗可以抵达的高度,她的许多诗歌都在向这个高度靠近,如《山之诗》《终结之诗》。

事实上,我们还没有能力说出"境界美学"这个词的全部内涵,正如我们正在去往那里的途中,我们无法为未抵达之地命名。这是一个有关人类未来文明的想象,也是未来世界文化的想象,它是所有伟大的文化应对人类的危机的融合和新的可能。这一写作,不是简单地回到佛教、儒学或者基督教、印度教那里去,而是在现代的基础上,在母体文化的滋养下,重建人类的最高文化想象。而东荡子的写作已经在这一层面展开。

四、阿斯加：作为存在者的东荡子

1

海德格尔对"诗人"一词的使用有极其严格的规定性,他说:

> 诗人的特性就是对现实熟视无睹。诗人无所作为,而只是梦想而已。他们所做的就是耽于想象。仅有想象被制作出来。①

同时,他对于诗歌滑向文学的命运抱着一种灰暗、无奈的心态。他说:

> 我们今天的栖居也由于劳作而备受折磨,由于趋功逐利而不得安宁,由于娱乐和消遣活动而迷迷惑惑。而如果说在今天的栖居中,人们也还为诗意留下了空间,省下了一些时间的话,那么,顶多也就是从事某种文艺性的活动,或者书面文艺,或者音视文艺。诗歌或者被当作玩物丧志的矫情和不着边际的空想而遭否弃,被当作遁世的梦幻而遭否定;或者,人们就把诗看作文学的一部分。文学的功效是按当下的现实性之尺度而被估价的。现实本身由形成公共文明意见的组织所制作和控制。②

海德格尔的意思是作诗作为诗意的制作和筑造,它是为人提供栖居的,而栖居是以诗意为基础的,具有永恒性的意义。而在当今,诗歌作为文学的一部分,它是指向当下的,因为人们已离不开现实,人们就生活在"历史性的和社会性的人"的集体当中。而由于现实所遭受的困境,今天的现实栖居已不能称为诗意地栖居。在海德格尔的定义中,诗人作为诗意栖居(诗)的筑造者,他们必须是这样一些人:他们必须是神圣的经验者。神圣是终有一死的人在天地之间对存在(本质性生存,既是诸神遁走之后,由于上帝的缺席,世界便失去了它赖以建立的基础;由于基础的丧失,世界时

---

① 海德格尔:《……人诗意地栖居……》,孙周兴译,《海德格尔选集》,上海:上海三联书店1996年版,第464页。
② 同上,第463—464页。

代就悬于深渊中;也就是荷尔德林和海德格尔从历史经验描述的贫困时代)①的体验,必须是这些体验着神圣的诗人通过对远逝诸神踪迹的寻觅,才能在天穹重获神性的照耀。这种寻觅只有先抵达"深渊",才能在那里得到暗示和指引,但贫困时代,抵达"深渊"的能力已经消失殆尽了。

> 作为终有一死者,诗人庄严地吟唱着酒神,追踪着远逝的诸神的踪迹,盘桓在诸神的踪迹里,从而为其终有一死的同类追寻那通达转向的道路。②

而现实,总隐藏着太多的假象和不着边际的短暂性的意愿,我们所经历的"现实"与本质性的世界显然是处在两个不同的层面上。所以今天我们所使用的"诗人"一词和海德格尔在诗学中使用的"诗人"一词是有区别的。真正的诗人——诗人中的诗人——必须置身于本质性的世界里,也就是海德格尔所说的世界时代的深渊,是深刻理解不妙之为何不妙的人。

> 不妙之为不妙引导我们追踪美妙的事情。美妙的事情召唤着神圣。神圣联结着神性。神性将神引近。③

通过海德格尔的论述,我们确信存在着一种能抵达存在的诗歌,纵使在贫困的时代,荷尔德林和里尔克通过对神迹和天使的追寻,他们抵达了时代本质性的生存——海德格尔所说的"深渊",并且通过语言建造了一个人、神、语言三位一体的世界——人诗意地栖居。但在本文中,我愿意更谨慎地使用"存在"一词。它不是古希腊巨人

---

① 参见海德格尔的《诗人何为?》一文,在开篇中他描述过这种"深渊"的情形:"上帝之缺席意味着,不再有上帝显明确定地把人和物聚集在它周围,并且由于这种聚集,把世界历史和人在其中的栖留嵌合为一体。但在上帝缺席这件事情上还预示着更为恶劣的东西。不光诸神和上帝逃遁了,而且神性之光辉也已经在世界历史中黯然熄灭。世界黑夜的时代是贫困的时代,因为它一味地变得更加贫困。它已经变得如此贫困,以至于它不再能察觉到上帝之缺席本身了。"

② 海德格尔:《诗人何为?》,《海德格尔选集》,上海:上海三联书店,1996 年版,第 410 页。

③ 同上,第 461 页。

们最普遍、最空洞、最确切无疑不需要下任何定义又人人皆知的概念①，也不是克尔凯郭尔和雅斯贝尔斯的基督教存在主义，也不是海德格尔大地与天空脱节的神遁世之后的无神论的存在世界，甚至也不是萨特被绝望和荒谬包裹的世界。在本文中，存在和完整性②一样，并不是一个自然而然的东西。在这里，它事实上是一种渴求的描述，它是一种祈求，一个远方的许诺，一束在某些瞬间照临我们身体的光，并且恒久地盘桓在我们的心头，引领我们朝向它勇敢地生活；它是建立在现代反思性基础之上的对生命可能和社会生活形态的追问和塑造。我们所处的世纪，是一个建立在物质产品生产基础上的社会体系向主要与信息相关的社会体系转变的时代，由欲望消费所主导的社会生产所导致的物质和信息过剩以及这种生产所挟带而来的污染和阴影的现实与人类过去由大地、天空、安详的劳作构成的宁静、美好生活的想象分道扬镳了。这种撕裂性的错位，一方面构成了时代的疼痛，一方面为诗歌的运思打开了一个宽阔的空间。

已不再有天人合一的人了，每个人精神和自我定位都是由不同的身体、教育、阶层、情绪、兴趣和观念塑造和构成。任何对存在的描述都无法笼罩所有的个体世界。我们正置身于一个复杂的、充满不确定因素的世界。正如埃德加·莫兰在他的《伦理》中文版序言所说的"我们的常识认为良好的意愿足以证明我们的行动的道德性。然而我们忽视了，行动一旦开始就会发生新的关系，甚至走向意愿的反面"。他举例说：1936年同盟军同时面临与希特勒纳粹主义和斯大林共产主义的"两线作战"，需要进行优先选择，而这就必然减弱对其中一个威胁的战斗力。"那些为打败希特勒做出贡献的人也为斯大林集权主义的胜利做出了贡献。"这就是我们面临的困境，因此，我们必须引入一种莫兰所称谓的"复杂性伦理"来对待这个萨特称谓的"绝望的"人类处境。在这样的时代，有谁能抵达存在呢？谁的存在？怎样的存在？

对于这个时代的诗人来说，抵达存在依然必须经由神圣，即是海德格尔所描述的深渊，必须深切理解我们时代的不妙，从这不妙之处发出批判和呐喊的声音。怎么照见我们时代的不妙生存处境呢？我们的文明存在着大量的问题，就像西方一直向全世界灌输的历史进步论，它事实上隐藏着极大的社会危机和精神危机；我们应该清晰

---

① 海德格尔：《存在与时间（导论，1927年）》，《海德格尔选集》，上海：上海三联书店，1996年版，第28页。海德格尔说："希腊人对存在的最初阐释，逐渐形成了一个教条，它宣称追问存在的意义是多余的，而且还认可了对这个问题的耽搁。……于是，那个始终使古代哲学思想不得安宁的晦蔽物竟变成了具有昭如白日的自明性的东西，乃至于谁要是仍然追问存在的意义，就会被指责为在方法上有所失误。"

② 参见拙著《梦想及其通知的世界》，北京：中国戏剧出版社，2009年版。

地意识到"我们不仅处于一个不确定的时代,而且是处在一个危险的时期"(莫兰语)。按莫兰的分析,四个在推动世界现代化的动力引擎——科学、技术、经济和赢利,每一个都带有自身根本性的伦理缺陷,他说:科学排除了一切,自己可能或应该成为什么;技术是纯粹工具性,无眼界却傲慢地凌驾于精神之上;经济用冰冷的计算将心灵世界打入冷宫;赢利则毒害了所有领域,包括教育、生物及基因领域。出于价值判断及科学工作者的良知,它患有盲症,看不到自己是什么,自己在做什么,自己能变成什么同样的原因,科学家在实验室中获得的权力被完全剥夺,集中在企业和强权国家的手中。①

意识到我们生活的世界的危机,就是意识到我们的不妙。在这不妙的世界里,诗人不能沉溺于世界的腐败,诗人有责任为同样总有一死的同伴寻找一个转机。就像莫兰所说的,我们必须为善赌一把,在绝境处披荆斩棘寻找一条出路。

我们还很难描述一个新的存在的世界的模样,但反思性地对现代的文明价值进行重估和创造性地使用,结合东西方传统的智慧,重建一个富有诗意的存在世界并不是绝对的幻想;并且,诗人的职责就是"耽于想象,并把想象创造出来"。

由于现在我们还无法像荷尔德林和里尔克一样描述一个隐约有神的存在世界,我们只是在人的世界寻找一个自由的、有尊严的、自在的世界;我们把这无视(藐视)于现实糟糕的现状,自觉地寻找一个人能置身其中又越发宽阔的自在世界的诗歌,称为"存在者诗歌"。这种诗歌达到了(自在)世界、语言、人三位一体。

自里尔克之后,自觉建构一个从时代深渊升起的自在世界的诗人已经不多了,由于现代性危机的迫切要求,许多诗人投入了针对现实并从现实中打捞出诗性的工作。但在里尔克的诗歌经验里,诗人做这样的工作仿佛还是不够的。他在年轻时早已写下了大量堪称精品的诗歌,放在整个世界的现代诗领域进行考察,也称得上是杰出的。《豹》《秋日》都是那么深刻地象征人类的困境和勇气的诗篇。但由于过度的人间气息,在完成了《杜伊诺哀歌》和《献给俄尔普斯的十四行》之后,晚期的里尔克彻底地否定了早期的这一批作品,他创造了一个与天使同一序列的存在世界。然而,历史一再地证明诸神和天使居住的天空并不能收留我们易朽的肉身,我们必须在人间开辟一个天地,它既有神圣的踪迹,不至于由于神圣的缺席而彻底沦为庸常的场所,又具有从人间的黑暗和疼痛的深渊中飞扬起来的生命状态,而不至于被沉重的肉身

① 埃德加·莫兰、于硕:《可能与不可能之间的希望对话录——〈伦理〉中文版代前言》,《伦理》,于硕译,上海:学林出版社,2017 年版。

压得喘不过气来。我们可以把这种写作称为"存在者的写作"。他们背负着沉重的肉身,但他们拒绝被任何秩序裹挟着成为随波逐流的分子;他们清楚地意识到个体生命在时间、历史和文化中的意义和可能;他们勇敢地担当了为易朽者的命运抗争的使命,他们通过自身的践行,在当下的生命里保持着一种孤独的神圣性的体验。

2

由于过度的入世文化对中国诗人的主宰,肉身和日常成了中国诗歌的狂欢场;那种撤离生活的现场,在生命的高处坚毅地歌唱被视为可有可无的游戏。但在东荡子那里,诗歌是一个动词,是一种类似于大海捞针的有难度的写作。他的难度在于"它一直在帮助人类不断认识并消除自身的黑暗,它是人类心灵防患于未然的建设";它指向的是生命的可能和人类的未来。即是说,诗人就像人类的先行者或者开拓者,他们不沉溺和屈服于日常和秩序,他们披荆斩棘,用生命和智慧以及全部的真诚去开拓有未来意义的人类生存之路。东荡子接着说:"它向着未来,向着美和灵魂的倾诉,向着健康、愉悦和光明。"①这也是存在者诗歌要抵达的地方。东荡子生前坚守着这样的理念写作和生活,但他往往得到的是误解和叵测的嘲讽;现实的怯懦和无法挣脱的秩序已把人带入听天由命的泥潭,而对于怀抱着梦想的坚毅内心却常常被当作异端遭受诋毁。

我们清楚,我们所处的时代和我们置身其中的生活充满着痛苦、无奈:现代文明在生产巨大的物质的同时,也在生产同样巨大的社会问题和精神问题。东荡子深切地体验到我们置身其中的处境,但他不是像那些把诗歌的关注点落到现实的诗人那样,热衷于条缕的分析或者切片的考察,他在象征的层面总体概括我们时代的特征和人类的命运:

> 他们看见黄昏在收拢翅膀
> 他们也看见自己坠入黑洞
> 仿佛脚步停在了脸上
> 他们看见万物在沉没
> 他们看见呼救的辉煌闪过沉没无言的万物
> 他们仿佛长久地坐在废墟上

① 东荡子:《诗歌是一个动词——东荡子访谈》,《艺术大街》2013年12月11日。

在这里，我们不谈论东荡子诗歌的词语、诗句间的呼吸和节奏以及拉伸诗歌空间的反讽修辞，我们谈论他对时代的总体性把握。在高速发展的生产线上，人类的精英分子已经看到了人类暮日般的境况，但社会的运行有着巨大的惯性，明知前路充满危险，惯性却有如黑洞般把人吸引进去。万物听任于惯性，呼叫对于巨大的惯性和习惯就像一些华丽的说辞——震撼心灵的说辞，对于巨大无边、注满了力量的惯性来说，那只是一闪而过的亮光，它并不能改变什么。现实这个黑洞，我们就居住在里面，我们无法挣脱，也无所作为。

> 一切都在过去，要在寓言中消亡
> 但蓝宝石梦幻的街道和市井小巷
> 还有人在躲闪，他们好像对黑夜充满恐惧
> 又像是敬畏白昼的来临
>
> ——《寓言》

东荡子深切地理解消亡作为一切生命的宿命，这种悲剧性的命运人类无论如何也无法摆脱。这是人类现代的命运，还是自古就是这样？我们所能体验和把握的无疑只有现在，"一切都在过去"，这宿命紧紧地控制着我们的命运。但在梦幻的街道和市井的小巷，却有人不屈服于这种命运，他们在躲闪。在巨大的命运面前，呼叫和反抗的人是多么的渺小啊！东荡子并不悲悯他们，就像他也不悲悯自己；他知道人类的挣扎是徒劳的，纵使他自己也在挣扎之中。这就是命运，这就是担当。在他接受"诗歌与人·诗人奖"的受奖词里，回忆年轻时父亲对他选择当诗人的叫吼，"杜甫死了埋薄土"。"薄土"就是薄薄的土，接近死无葬身之地。他说："母亲听后非常愤慨，我倒十分平静，甚至有一丝说不出的愉悦。"这是一种对被选择的命运的坦然担当，这是担当贫困的命运的愉悦。众生中多少人想摆脱贫困的命运，但又不得不陷入这样的命运。这种命运是绝对的，像上帝的命令一样，而多少人不自知，东荡子却欣然接受了，并且把它当成一种崇高的使命。虽然人类的一切努力都等于零，但在诗人终有一死的必然里，他相信并体验到了"担当即照亮"的可能。因此，他可以微笑着赶赴自己的命运。在这首诗的结尾，他指出了人类这种消亡的命运，是源于对"黑夜充满恐惧，但又敬畏白昼的来临"这种悬着的状态。白昼是会来临的，但我们因为无知，由于惯性的牵引，对未来无法把握、无法信任。

这首诗在总体上把握了人类的命运。这就是存在者诗人和其他诗人的重要区

别：他们更趋向于在总体性（本质性）上把握并说出人类不妙的处境。在这种不妙的处境中，诗人和所有人一样都必须无条件地担当他们时代的命运。在文学的诗歌中，诗歌显示了或悲伤、或愤怒、或歌唱、或反抗、或逆来顺受的情绪；而存在者诗歌，它唯有揭示和担当。波兰诗人扎嘎耶夫斯基2014年来到广州，带来了9·11之后发表在《纽约客》上的《尝试赞美这遭受损毁的世界》。这样的诗歌很容易呼应破损的人心，它有着强烈的人间气息，你能感受到呼吸之间的渴望和祝福。但存在者诗歌并不直接呼应本质性存在之外的事物，或者说他在更高远也是最底下的地方，与历史与天地间发生和可能发生的万物对话。东荡子的诗歌就站在这个原点上，有如《黑色》一诗，东荡子把自己的命运放到了最低处，就像一团黑色，不祈求眷顾，无论来自他们所说的"光明"，还是无法相遇的神；但他的世界无比坚定，没有什么能够动摇。在我们这个无神论的国家，我们可能更早陷入了诸神缺席的深渊而不自知；但在我们的文化中，我们并不靠神活着，我们更愿意置身于自然山水之中，我们借自然的一草一木呼吸，把身心融入里面。但工业与资本彻底地摧毁了神和自然的世界，资本和工业产品能寄放我们的身心吗？我们只有空荡荡的个体在无所依傍的大街上，我们易朽的肉体和充满欲望的身躯将如何在这世界安身立命？哭泣、哆嗦、怨恨、欺压、复仇？这一切只会再次摧毁我们自身。坚毅和丰富自己并在人间保持友爱，这能否在我们这个世界时代开启新的转机？我们这个世界时代是否还是海德格尔所说的贫困时代——一个在不妙中而不自知的时代？还是像莫兰一样已经把诊出我们时代的病灶，并且有能力为善赌一把？东荡子追悼会那天，这个籍籍无名的诗人在灵堂里躺着，有四百多个诗人和朋友从全国各地赶来告别；这是不是诗歌和他生前在朋友中播撒的友爱在他缺席之后结下的果？对于时代，我不知东荡子是否已经抵达了它的本质，即那个值得置身其中的世界已经敞开；它是否已经告知了或者指出了那个可以成为存在的世界？但我相信在他的个人那里，在他的生和死之间的从容，在他贫困中葆有的欢乐，他已经抵达了他个人的存在。我称他为存在者。

在"外在正当化"资源（自然法、神圣意志、特定人群的自然优越性和政治生活的自然性）被耗尽的现代性背景下，我们的诗歌并不是要建立一种单一的原则，而是要坚守"无力者的梦想"，保持一个丰富性的内心；在秩序和制度规范下的铁板般的生活里撕开一个缺口；在起伏不平的市井小巷里坚毅我们的目光；在这个充满不确定性的世界安一颗诗歌之心；在神明缺席和自然破损中寻找我们的存在。东荡子做到了。

2017 年 9 月 8 日定稿

目　　录

他相信了心灵（1995—2006）

宣读你内心那最后一页（2007—2013）

水又怎样

（1986—1994）

门

也许,我们注定要
去敲那张门
注定进去

也许,主人不会理会
说来得太远
说我们很像乞丐

也许,有很多的朋友
在那里等候
等候为我们洗尘

也许,门就这样关着
我们去敲
永无回应

（原载《青年诗报》1987 年第 11 月第 1 期）

黄昏

古钟悄然隐逝

蝙蝠占领农舍，占领空间
急速旋转，俯入
吞吐整个世界，无休无止

天使带走眼睛
光明在拐杖下敲敲打打
无休无止，不知已经
迷途，不知世界
就会失去

只听见，孩子
在远处的禾场上咯咯作笑

（原载《青年诗报》1987 年 11 月第 1 期）

希望

你悄悄地走来
月亮是你的指甲
我被弹在远远的边界
颔首而待
不知你要去哪里

许是你吮着星火
我倚界碑望你一眼
越不过界碑
而望你一眼
你站在断墙的一角

使劲地刮来风
籽落满残垣
我却在更远的边界，变成籽
颔首而待

（原载《青年诗报》1987 年 11 月第 1 期）

绝望

几千年秘密被彻底剽窃
桥突然
坍塌

洪涛无限狂獗
诱引
遥遥蹄音
滑入深渊

一切都已经过去

复合是折断了翅膀的白鸽
复合是长长嘶鸣的枣青马

（原载《青年诗报》1987 年 11 月第 1 期）

墙上吉他

从来不曾有人从墙上走过

六条路绷得很紧

厚积的尘埃

踩不响远去的跫音

世界一片静穆

孤独的影如一条倒下的牛

在室内长长仰卧

看桌上娃娃的亲吻

滑入

很久很久以前

一个余温的梦里

（原载《青年诗报》1987 年 11 月第 1 期）

黄昏的时刻

余剩的饭粒
都被归巢的燕子啄走
桌上的晚餐
是院里树梢挂着的那弯月亮
站在门口,看见
很多人走进月亮
很多人从月亮里走来

(原载《青年诗报》1987 年 11 月第 1 期)

晚景

趁男人回家之前
我把黄昏装进信封
想恋人的跫音
怀着少年维特的烦恼
走在公园弯弯小径

那眸子
成了夜间的流萤
泊在草丛幽阒处
一闪一灭

（原载《青年诗报》1987 年 11 月第 1 期）

期待

我等待很长的时期
总不见猎人
总不见弓
暗藏在深谷树林
我去的中途
听不到一声突然
我倒下
如一泊血舟
盛满走来的脚步
盛满鸟们在上面的唱鸣

而后，我醒来
等待很长的时期，听见
墙上的吉他
被灰尘踩出静静的幽声

（原载《青年诗报》1987 年 11 月第 1 期）

人生

六月,沉重了负荷
汉子奋力地追赶自己
沿着一股幽长的蝉联

尽头,一根曲杖
敲打着
薄薄的鼓

源头,一个孩子
玩着地球
好奇

（原载《青年诗报》1987 年 11 月第 1 期）

游戏

我们一起游戏
冬天来了
这里很冷

一片红叶
燃起一堆野火
冬天去了

（原载《青年诗报》1987 年 11 月第 1 期）

父亲

一张属于我的地图
我把她折叠珍藏
孩提时
一伸手,便可以触摸到
我的家

当我从迷途
归返,重新打开
地图上却积一层厚厚的尘埃
弹也
弹不掉。家啊
而如今我在你的周围
徘徊

(原载《青年诗报》1987 年 11 月第 1 期)

望

用所有的月光
筑一个家
便有许多的脚步
踏归

握不住
递过来的竹竿
才知道
岸已离得很远

我的眼睛是小小的船
渡,尽一个十五,尽一个满
却渡不来
那半晚的喊家声

(原载《青年诗报》1987 年 11 月第 1 期)

守候

守在你的身旁
轻轻地抚你秀发
不敢打扰你

太阳刚刚红脸
你却在我的肩头娇柔地沉下
整整一个夜的织机轰轰然
无休止地交错
总织不出
此时你梦中的回乡路,直通
孩提时洗手帕采荷花的池塘
轻轻地在心里唤你的名字
不敢打扰你
怕惊翻那只晃荡晃荡的小船
怕不识水性的姑娘
挣脱水面
找我赔那惊逝的梦

守在你身旁
你便安然睡去
倘若下起大雨来,呵不要怕
这边有我呢
一手递给你宽大的荷叶

一手拉你上岸来

（原载《青年诗报》1987 年 11 月第 1 期）

夜曲

我爱在树林中
我爱在迷蒙细雨的树林中
漫步。希望星月的光
隐得很远,甚至
地球的那边
我只想蛙们的联唱
那是江南田野蛙们的联唱
那是远方的我
深沉的幽婉的乡愁

清清鸟啼啭啭而来
如乡音的云雀
穿透默认的灵幽
我会觉得
更是宁静的乡土的微温
母亲那摇篮曲
正摇着我的起步
断线的风筝是碎了的故乡
在迷蒙的细雨中
灼痛着树林里
今宵不肯睡去的
蝙蝠魂

雨为什么这时候悄悄停落
不见月亮
星星却那样美丽
不同于往晚茫繁的沉闷
我积郁的心扉
也因此而轻松地开了
如重开东方的太阳花
一方小小的紧锁乡愁的城

该是归时了吧
一片墓地引我走向光明

（原载《青年诗报》1987 年 11 月第 1 期）

沙洲

沙洲，辽远的相思
大片大片之后的绿色都掠尽于春风
鸥鸟的翅羽扑打，挣脱死亡
沙洲，流浪的心彼此相望

我迟归的人在干雪中而来，俯瞰你降自天空
少年寻找龟裂，寻找暴泉，乌珠闪动
你的青睐却再一次延期
远远的风窗于柳枝下微微小开，你独然岸边

你的再次延期姗姗临近
听你纷纷脚步，踏飞细沙无限升起，漫掩烈日
冬冰上梦点小步放飞湟湟绿叶
下边水泱泱而至

电雷滚逝，一叶帆渐渐靠近，渐渐带来橹声
带来风声，带来姑娘走近你身旁
而你仍独然岸上
所不及的地方是水的归去

沙洲，辽远的相思
沙洲，所有没有根的故乡

（原载《青年诗报》1988 年第 2 期）

古塔

水之中央
你于远堤之外瞩目反顾
以一种黑色金字塔高耸而立
以一树桅杆不飞芦花
万桨苇叶划百年之梦,之力
终不抵岸

必是一座身藏绝技已久的礁石
于风浪不倒
迟归者肃然而至

你褐色深陷
窗口。门口。微出的屋檐
让一个英雄的面额展示深邃
隐隐传来飞蹄之音、操戈之音
深深浅浅如慕者足痕密布

你没有倒
海鸟在凌空
大幅度翻动唁文
火炉筋络以及铮铮钢锉
已深睡下边
杠木,绳缆,以及号喊

已深睡下边
指挥者,指挥棒,以及石碑
已深睡下边
而血仍旧殷红点点
于踏春的脚步里昂昂仰瞻
高耸如初

以另一种姿势潜入你腹地
弃舟在岸
不必听见太久之前的橹声
不必步太久之前的钟摆弧度
在谈谈笑笑的挽臂后边
穿绕而过
在你腹中
交媾一次烟火袅袅如织
自窗口径直而出
永不回来

我必肃穆

(原载《青年诗报》1988 年第 2 期)

延长的日子

想起紫云英飘飞的天空
想起紫云英
想起另一个世界

而你的微笑很远很远了

咖啡很苦
不加糖的下午
我喝到最浅处就不想再喝
虽然最浅
老觉得也是最甜和最美的

杯已透底了
日子却一刻刻长起来

（原载《青年诗报》1988 年第 2 期）

草帽死了

把草帽丢在路旁死去

路上的太阳贴在我们脸上
于是我们得同一种病
未能去看医生
我们把脚伸进水里，把头伸到水龙头下
不去想有什么后果

一个白须老者递过来一杆拐杖
我们就躺在树荫里
红红绿绿的树
树顶两只小鸟成熟地对歌
冬天却横加干涉
不许他们对歌、筑巢
而他们没有家

睡了很久很久
我们才梦见出发
一路上哭哭泣泣
草帽死得好悲惨
火辣辣的太阳
烤着我们的泪花

（原载《青年诗报》1988 年第 2 期）

小屋

你不想离开这土地
你不想离去这小屋
用你的泪,融解小屋四周的冰凌
用你的心,破碎如瓦挡住小屋的寒霜

而我已经来迟
在你离去的门边倚望
远远的脚步声震耳,却没有印痕

深冬的凛冽之外,可摸到
温暖的悲
纸扎蝴蝶在墙上,花在墙上
小屋井然如你诉说的爱
如你的男人
在河池边踱来踱去地等待

却深冬无限进入
红裙子以柜帘轻轻颤启
泪光悲红,夜晚悲红
孤影是离去的脚步
悄然暗淡
如你的枝梅点缀

喊声在那里潮起潮落
你的哭泣无声,伸手间
却不能接过你递来的纤纤恋情
我只能徘徊于你周遭
小屋是你,灰瓦是你,门是你
门道在黑暗中没有响动

而黑暗以深为海,以触不到手指为海
我呼不出水面

（原载《雪浪花》1988 年总第 51 期）

小窗

背影远去
你还在痴望什么
小窗
开在深蓝的夜色中
想象含羞的夜色中
窗扉已经敞开
倩影徘徊在瞳仁
窗外
月影、树影、倩影
思念的河没有泪痕
清风抚摸张张信笺
宁静的夜里
相思翻涌

（原载《雪浪花》1989 年总第 54 期）

又是秋天

去年的秋天
从深埋的叶里伸出手
弄你静如夜的弦
夜怀里露出雪的键盘
你的纤齿
寻找久逝的琴音
浪流的悲哀一再逼近
回不去以往的喊声
有一只眼睛
仍挂在一个半启的窗口
河堤逶迤
你的影姿宛若游龙
又是秋天
河流上没有船
只有一盏不灭的灯

（原载《雪浪花》1989 年总第 54 期）

寻找

日子如四季
居高在井壁上,像一盏马灯
朗照过客

霜降的季节
你的愿望插在沙滩上
长不出生命

爱和恨是一对平展的翅膀
寻找等你的牧童
寻找家一般恬静的牛尾
寻找有过爱恋的路

冬天里最后一片飘零的叶
你将替此一行

（原载《雪浪花》1990 年总第 56 期）

旅途

大地啊
你容许一个生灵在这穷途末路的山崖小憩
可远方的阳光穷追不舍
眼前的天空远比远方的天空美丽
可我灼伤的翅膀仍想扑向火焰

1989.3 北海公园

（收入《王冠》,天津社会科学院出版社,2005 年 6 月版）

白昼

微风停在鸟唱的树叶上
辽阔的草地,兰花开满如积盖的雪
我的草地,微风停在草地
鸽子在心中飞动
鸽子飞动在兰花中像蜻蜓点水
鸽子在心中飞动像蜘蛛网上的蜻蜓

1989.4 北京

（收入《王冠》,天津社会科学院出版社,2005 年 6 月版）

伐木者

伐木场的工人并不聪明,他们的斧头
闪着寒光,只砍倒
一棵年老的朽木

伐木场的工人并不知道伐木场
需要堆放什么
斧头为什么闪光
朽木为什么不朽

1989.9 上海

(收入《王冠》,天津社会科学院出版社,2005 年 6 月版)

果林

我听见地下的蹄音
在田庄上绕过,水在流动
我要离开黄昏
我要带走一只黄牛的犄角
去一个果树林

我要吹奏一段乐章
种子落泥
果子在枝头成熟
妇人点亮了火把

来到果园
怀孕的妇人站在果树下
黄牛望着果子
黄牛在火光下走动
黄牛望着头顶的果子
妇人,我已听见你腹中的歌声
我带来一只黄牛的犄角
我要和你一起度过黑夜,看护果林

1989.10 上海

(收入《不爱之间》,文化艺术出版社,1990年版)

牧场

你来时马正在饮水
马在桶里饮着你的头
这样你不会待得很久
我躲在牧场的草堆里
看见马在摇尾巴
马的尾巴摇得很厉害
这回你去了,不会再来

1989.11 上海
(又作《马饮》,收入《王冠》,天津社会科学院出版社,2005 年 6 月版)

有一首歌叫爱人

有一首歌叫爱人
叫青色的果子
睡在果树上

以及以后的日子
树上
充满成熟,红色
便是骑马来摘取果实的人
站在果树下

幸福不是歌声
幸福不能得到感动

骑马摘取果实的人她的爱人
在叶子里梦到自己
是一架琴
和自己的爱人是另一架
琴。两架琴
紧紧抱住　被一夜秋风
刮走

(收入《不爱之间》,文化艺术出版社,1990年版)

马：献给生日

我要为一匹马奔跑的马留下诗章
马蹄跑过的土地留下诗
诗是土地的痛苦
儿子是母亲的痛苦

生日是母亲流血
我过时的生日是那匹野马分尸四起
我的马，褐色的马踏过
凶猛的灌木
倒在母亲的身下回不到故里

头埋在东方
尾埋在西方
除了铁蹄四个还在北方奔波
其余的埋在了南方

我要为我的马死去的马写下苦难的诗章
它在回头时遇难
它在饮河时驮我
迷失了故乡
我和我的马没有故乡

我要为我的生日不平安的生写下诗章

母亲走过失散的马骨
儿子躺在残骸里
儿子的头仍对着大地
唱一句真挚的诗歌　仍对着过去的时光
也许永远没有故乡
也许永远只能唱一句真挚的诗歌怀念时光

（收入《不爱之间》，文化艺术出版社，1990年版）

走过草原

走过草原,天空浮云在远处
草地上飘动,父亲的马队
正翻过山顶

山林旷大
那山,碧色的爱情灌养
影在泥壶中,火炼的泥壶
浮云在酒里飘动,我和酒
以及父亲没有声音

我带来新酒
蹄音挥鞭赶着羊群
没有声音,你和你的马队已离开山顶
父亲,我带来新酒
你和马队在山那边远行
你在草原望望羊群
又望望浮云

(收入《不爱之间》,文化艺术出版社,1990 年版)

朝日

站在土地上,早晨的智慧
我在财富中怀念乡下的父亲
炼火的日子怀念
水中的父亲。一根造水的脐带
穿过泥土,穿过冬麦
手中的杯子,雄鸡滴血
杯子
杯子
父亲坐在底部,雄鸡唤醒早晨
雄鸡滴血,我在财富中听见歌
听见问话。年轻的冠
清晨粮食堆积,年轻的冠
我不能回答你
苦难的问话。面对这些
优越的麦苗、土地以及泪水
质问者啊,我只能默默地举杯顶礼
迎春的方位

(收入《不爱之间》,文化艺术出版社,1990 年版)

村庄

我所来到的村庄
白色的村庄
那些棉花开在树上

一群美丽的少年站在村口
一头母牛的奶流过天空,流过
我的头

四头母牛的奶环绕村庄
四条河流洗过我的伤口
四条河流上,我的妻子
领着鱼群歌唱

我所来到的村庄
节日的村庄
玉米淹没了高高的木仓
乡亲们坐在木仓底下
望着鸟们飞回家乡

(收入《不爱之间》,文化艺术出版社,1990 年版)

看见水

南方的节日里
我看见水,水上的女子如花开放
没有人怀念诗人,死去的
诗人。死而
复生的诗人,爱情的王子
走在河沿

没有人怀念
孤独的鸟
南方的鸟流下屈辱的泪水
远离村子的鸟失去窠巢。落难河流
的鸟
流浪的鸟
流下无家的泪水

在南方
没有谁回忆鱼群栖在树枝
羽毛下平静的家园、爱情
落难的王子
睡在木叶下

在南方,水一样的女人开放如花
如水草

在独木桥下
我梦见的河流日夜流经我的身体
我的嘴唇和我的热,我心头的光芒
让我怀念水
怀念,水一样的
女人
水,南方的节日
爱情的王子睡在木叶子下

（收入《不爱之间》,文化艺术出版社,1990 年版）

给 TH

没有果实的林子,没有
树叶。水中的林子,坐着
恋人
漂在水上的
果子
结在我
怀里的果子

走进林子
我的翅膀
在一片羽毛里度过
冬天

(收入《不爱之间》,文化艺术出版社,1990 年版)

十一月十四日：小开日记

我叫你
女王
红雀的羽毛
落在你
手里
又插在
你的头上
你是用一匹小猫
变来的女王

你是我
受难年月
最知我心的孤单的
蛇
不要我叫你任何一个名字
我不要叫你任何一个名字　你就知道来
箍紧
我的心

（收入《不爱之间》，文化艺术出版社，1990 年版）

十一月十五日：小开日记

我看到一颗心挂在远方的树上
几乎同时你也看到
一颗心挂在远方的树上

疾风吹得两颗心
不断摇摆
相望，从去年
到今年

去冬的霜打过你的脸你的心
四个季节过去
今冬的霜又要
打在原来的地方

你在原来的地方不要看见我
我像一堵墙
你想那堵墙风就停了
你想不要泪水成行
霜就不会打在
两颗相望的心上

（收入《不爱之间》，文化艺术出版社，1990 年版）

坐在麦垛上

坐在麦垛上
爱人的村庄,远方
朴质的女子,我为你沐浴
靠着麦捆,冬日的阳光
停在手指上

我在为你冥想
手指,白艳的风翻过箱底
你在箱底干枯如戒指

我在冥想金色的戒指啜饮爱情
金色的戒指,爱情如水
漫过村庄树枝的嘴唇
那时,在箱底
只有朴质的女子,那时
只有渴,我只身在外
在浪花上依靠麦秆,依靠
麦子的力量

而那时,爱情如水
我为你沐浴,走过麦垄
走过漫水的村庄
石头在水底开放花蕾

我坐在那只船,痛苦的桨叶上

（收入《不爱之间》,文化艺术出版社,1990 年版）

答复爱情

我爱上一只鸟
星晚夜,我听见狗的叫声
你学狗叫,在水塘边
你学狗叫
你是水塘边等我的水草

月亮在水下滑行像那只鸟
荡漾的水草
水底下少年弯曲的影子
狗叫一样的水草

今夜,有雪花降盖
今夜,埋葬的情人复活在水中

我爱上一只鸟
离开房子
离开林中的枯树,陷入草丛
归去的道路,在草丛
水里
鸟的尾巴摇得高高

在草丛,水里深淹的月亮
从我手中

掉落的翅膀

（收入《不爱之间》，文化艺术出版社，1990 年版）

红草莓

半坡上草叶里的女儿
和男儿
走出来
拉我
穿上绿色的衣裳

拉我坐在他们中间
他们孤独
吻我
让我全身
变红

我坐在他们中间变红
他们看着我变红
我已经变成一颗心
我早已成为他们的心

（收入《不爱之间》,文化艺术出版社,1990 年版）

感激

我对着镜子做了一个怪雅的动作
你就会来
牵一匹马驹子
驮一袋红薯
一种美美好好的愿望
你就来爱

我靠着你的脊梁说了许多胡话
当着天说的
地上的庄稼
还有一些胡话
是前天说的
马驹子和红色的薯
我多么喜欢
我像一位慈祥的村长
有这些东西我就喜欢

你学着我
做了一些好看的动作,还要做
就像早些天
我闭上眼睛,看见你
钻进白色的布袋
我仍像那位村长

看着马驹子,要把你
驮回土地

（收入《不爱之间》,文化艺术出版社,1990 年版）

半夜里我醒过一次

半夜里我醒过一次,天马奔驰
我已感到守护午夜,天马像睡眠
公主,静静的村庄

我已经长大在梦中
冰凉的手指,马的声音
一左一右,朝我逼近

还记得这并不是梦
清晨有一匹死马,返阴转阳
躲避公主,梦见爱人,梦见我哭着
离开村口继续流浪

半夜里我醒过一次,坐在床上
想念那匹死马,邻居的小姑娘
守候那匹死马,把它牵回了马栏

（收入《不爱之间》,文化艺术出版社,1990 年版）

水上的城

天气转凉,我在东土遥望西天的月亮
月亮,月亮,水上漂泊的城
漂泊之后坐落在我的手上

你就坐在我的手上
你在城垛上默默走动
我却如此地远离你像远离故乡

一切难忘
一切都已开始,结局就是开始
城上吹过高秋的风
你在夏天的城上默不作声
只有眼泪像飞鸟滚向东方

你不要作声,我要在你沉默的时候
找到水井。水井像太阳滚向西方
收割谷子的地方
鸟在那里受伤。靠着草堆养伤的地方
面对你,我们建设家园的地方

(收入《不爱之间》,文化艺术出版社,1990 年版)

诗人传说

冬：或歌

爬在下午的树上
光秃秃的枝丫正在枯折像一个
孤儿

我一直以为这样的世界只有一个人
存在，他必定是一个孤儿
是一首歌
真正地唱过
还在
唱
爬在下午的树上

春：只见一片花落地

大家都很欢喜
这个季节大家喜欢坐在花草地
用花草编织家具
带回家里

当我赶来
他们已经走了

只剩下一片花落在地上
听它好像在说
我的家在树上
可我不能回到树上

我听见花在说
它的家在我阴影盖没的树上

夏：太阳饮水

我把衣物扔在地上
我把肩头靠在树上
旁边的水池伸手可入
我却更想睡去

太阳一大早起来就很累
它绕了半圈更累
它正在海边饮水
说要再见。我不要
再见
我却更想睡去

秋：一路回家

九月初十
这是我的生日
我还要选择它
作为我的末日

我只要
生日，和末日

不管平安

像太阳走一圈我只要
圆满
回家

（收入《不爱之间》,文化艺术出版社,1990年版）

我仍过着清贫的生活

秋天的王
王中的王
我仍过着清贫的生活
拿一根水草当粮
当床

梦中感激的麋鹿
两只小蹄,踏入梦中
挡不住的快活
如大米

井里升起的歌曲
两支歌曲一停
我就成了她的新郎

山上来的新娘
离开山里的秋天、丰收
和亲人的问慰
跟我过着清贫的生活
跟我回到港边
打下过冬的干柴

(收入《不爱之间》,文化艺术出版社,1990年版)

咖啡猎手

咖啡的杯中
夜色渐浓
我的眼睛,兄弟
不能不看见
狩猎的方向
通往杯底
干渴的湖心

通往
一根绳索,弯弓
此时,你就居在山中

露底的咖啡逐渐透明
守伏长夜的
兄弟
我的猎手
我看见你用树枝搭好草棚
看见马灯在草棚里
熄灭

(收入《不爱之间》,文化艺术出版社,1990 年版)

牛顿的床

午觉的床
一只苹果的预感或预谋
睡在果核
睡在英国的野地,是一只
做梦的苹果
预感或预谋是它的皮,紫色的皮
快要烂掉

我平常得再也不能
平常,走在中国的小径上默念
我的另一个兄弟
英国的牛顿噢　坐在
树边的老头
我像你一样就该烂掉

我只能这样把你爱护
让我摸到的地方
红色的床板
变蓝

床板,就是你的眼睛
需要的颜色
打落头发

打着光光的头
头，就使我
该从中国的树上掉下来

（收入《不爱之间》，文化艺术出版社，1990 年版）

下午的事

下午看到一些小事就想死
外面的风很大
打开窗户,风沙就迷进了
眼睛
小猫趴在水壶上
发出一种声音
是猫的声音又像
不是。先前也有过这种念头
一群蚂蚁在打架
有一只却走得很远
我不知道它欲往何方
也许它也有家
像我一样,正在回家
背着一颗发黄的大麦

（收入《不爱之间》,文化艺术出版社,1990年版）

如今还被关在门外边

树在落叶子,去年的叶子
牵着今年的叶子
落在头发上。头发
是妇人的,留着长头发的妇人来到

昨天一个妇人
前天一个妇人来到的
秋天 残剩的叶子
她们在
叶子与叶子的空隙中偷偷
走过一生

金色的树叶埋下她们的手臂
发夹,红色的树根
掺土做的戒指
陪伴她们
在树叶里度过
快乐的一生

一直跟在后面的我,如今
还被关在门外边

(收入《不爱之间》,文化艺术出版社,1990 年版)

家

我的家住在一条竹筒里虽然很窄
却住得下我
跟妻子
还有众多的儿女

我多么希望有那么多儿子和女儿
做他们的父亲
像草一样把他们好好收拾
我靠着草垛想着　我似乎
真有了这么多儿女
想着一匹花布做他们的母亲
可我还没有结婚

天底下我知道只有我是
最好的人
最诚实
住在竹筒里
凿一些小孔
让音乐慢慢出生　迎接
儿女们来临

妻子是最后一个来临
妻子是最后一个天底下

最好的人,默默地跟我
守着家,孩子们在家中
告别亲人

(收入《不爱之间》,文化艺术出版社,1990 年版)

秋天

乌鸦掘土
乌鸦的嘴尖利
孩子,乌鸦掘土
乌鸦用嘴将你们的尸体
埋葬

乌鸦远去
你们被深深埋葬

隔着地皮,我的孩子
你们必须听我的声音
必须从早晨醒来
听我敲着瓷器走近,递给你们
绳索,你们的王
并以角将你们拯救

坐在葡萄下
我递给你们铜弓,递给你们盛水
的器皿和五谷。这个秋天,土地似水
葡萄青色地浮在水上

秋天似水
王在静坐

你们要听见早晨,王的召唤
王在葬你们的地方静坐
大水泱泱,你们要抓紧船舷和桨

（收入《不爱之间》,文化艺术出版社,1990 年版）

水井

是那村庄
夜里露打荷叶,荷叶枯落
母亲在屋里点起油灯
我坐在井边
木篱下高粱香甜地移入
我的身体。因为母亲
我便要在暝色中回到家里

为了水,父亲在油灯下制作
木盆,母亲在地里劳动
汲满米浆,盛饭的木盆
我便仿佛木盆回到家里
兄弟在地里劳动

水井干枯
我在水罐中前行
我在水罐中站立不稳
一根绳缆伸进水底
打水的女人,水,因为
绳索,我在上岸之前不能回到家里

是那村庄,亲人在土地上生长
干旱的铜鼓,河床裸露

坐在摇曳的土墙内,想起冬天,想起亲人
我便仿佛
被雪花领到岸边
水鸟在岸边苇丛中生蛋
我便仿佛一颗鸟蛋
装进篮子里

（收入《不爱之间》,文化艺术出版社,1990年版）

不在雨中

那边是树林
我站在马路这边
站在雨中
一只猫从前面穿过
马路,爬到
对面的树顶

爬到
我的指尖
我举起手臂在雨中

我的伞
一片无遮的天空
身后的楼房大门紧闭
一堆佝偻的身体
靠着门壁。一只刺猬
庞大的刺猬
紧偎在我体内

一只刺猬
在雨中
在我体内

我在对面
树顶
猫的
体内

被狩猎的松鼠,不在雨中
多么弱小的
松鼠,钻到地下
门壁的下边
轻轻地,我在说
上面的
我在说,兄弟
醒来
或睡去
兄弟,永远

(收入《不爱之间》,文化艺术出版社,1990 年版)

过程

我爱的人
在一个春天用泥巴捏成
我的爱人
请走过来穿上这石头做的鞋子
之后,我用一些沙粒
织你的衣裳

一切完善
我的爱人从火焰里走出来
满脸通红
爱人,你从火焰里走来
你要目不斜视　好好走过
这段路程

天气渐冷
又听见雷声。爱人
不要怕摔　不要
回头
你要好好走过这段路程

(收入《不爱之间》,文化艺术出版社,1990 年版)

歌唱

回到乡下
看见你蹲在木架上,一只鸟
父亲,你这古老古老的
鸟
我是你的歌声和翅膀
饮下这杯酒
父亲,我就为你飞
为你歌唱

我走近你
走近酒罐
你在酒里
一条狗趴在你身旁

我把包袱扔在路上
就为你飞,为你歌唱
父亲,父亲
我是远归的儿子,我就是你
远归的儿子
岁月的鞭子抽过你,也抽着我

(收入《不爱之间》,文化艺术出版社,1990年版)

写给七月十二日或：怀念爱情

七月十二日
我经历的日子，从早晨到晚上
去年的那天，充满了爱情
像阳光充满天空

好好记住
七月十二日，爱情或死亡

从此你在很远很远的树上
很远很远的海上
只有我在写诗，并为你歌唱
流浪的日子里，只有我一个人
飘零海上

你要记住台风来到的海上
海浪勇猛，岸啊，傲然的头
你要记住七月十二日
死亡或永恒
爱情是海上的台风

（收入《不爱之间》，文化艺术出版社，1990 年版）

故乡以远

我在四月的水边建造屋顶
四月的最后几天,我已经挣脱
那些梁木,空中运来的骨骼
我就要挣脱那些大小的沙子、卵石
到发生爱情的山中,废弃誓言
的山中,山雾弥漫的小村里
从小村里,接回我心爱的人

四月底前往
五月底到达
六月底,正值火夏,爱人陪我回到水乡

也许我是盲目地前往,宫殿落成
爱人就在四月的最后几天离开了村庄
也许我就永远四野流浪,成为流浪的王子
远离水边,放弃青春的歌唱

那么我就只有默默地行走
走遍每一座城镇和偏远的村庄
在每一个夜里我都要梦见一个新的方位
除了那四月的水边,幸福的水边

水边啊,是我和爱人永居的地方

树根在叶片里安眠
树身在叶片里生长
爱人坐在屋顶,爱人用一片瓦盖好
新修的粮仓

(收入《不爱之间》,文化艺术出版社,1990年版)

早晨醒来

早晨醒来我靠在门框上
仿佛心中牵着一颗太阳,大太阳
仿佛门前的树
树墩留下黑色的火痕
我可爱的人,不幸
而美丽地坐在树墩的中央

大太阳,大火的余烬
夜里埋下种子
早晨使人辉煌
早晨是亲人的胸膛照亮
亲人的胸膛

百花在怀念中盛开,我怀念
就像浪花盛开在亲人的心上
就像恩爱盛开在爱人的心上

离群的鸟风中鸣叫
七个女子并坐
七个女子中只有一个坐在树墩上并且欢乐
像那只鸟
你是女子烫出来的鸟
靠着门框　我听见你的声音进出

火光,唯一的火种,大太阳
亲人的胸膛
早晨醒过两颗心
两颗心在里面交换

（收入《不爱之间》,文化艺术出版社,1990年版）

黄昏坐在一只船上

黄昏坐在一只船上
船在搁浅,船像一个人
面对落日正在西沉

相逢到来,秋风恋着羔羊
白天梦见涨水的井
我看见自己躺在高高的山地
落日如奔马跑向亲人
落日如奔马远送亲人

爱情犹如种豆
犹如嘴唇美丽地碰碰鱼的嘴唇
守在海边
白天梦见鱼儿游进涨水的井

早早的秋风吹着我的梦
我在海上呼唤。有人在海上
翻过船只,不是我坐的这只,装着丰富的嫁妆
爱情不是种豆,日夜难忘
只要我在呼唤,你就会像树叶
在我眼前飞扬

(收入《不爱之间》,文化艺术出版社,1990年版)

运动方式

用一只牛仔袋把诗人背走
诗人睡如牛仔袋

在流浪的途中
诗人确实睡着,不敢醒来

（收入《不爱之间》,文化艺术出版社,1990 年版）

冬天什么时候下雪

你经过我的坟地那是秋天
那是我
来自秋天。一支箭
射中我的左眼
右眼,插着另一支
箭

痛快的豹
已经走回山中
你最好不要经过山中

一路上流着血
我看不到
冬天,什么时候下雪

我在想
你经过我的坟地
最好不要吱声
你要回来,昂起头
抽走
我双眼的箭

(收入《不爱之间》,文化艺术出版社,1990年版)

不愿成为男人

我选择麦地作为家乡
出生的产床
青铜是我的父母
但我并非就是
在金属
与麦粒之间成长

我成为男人
半边果皮,名副其实的男人
睡在果皮里
袜子照着鞋子,鞋子照着脚
半边金属遗在路旁

在黑暗中
粗粗的腰身,半节青铜

显然我已成为漂亮的男人
跟所有的女人
产生仇恨
跟其中一个恋爱在仇恨中
结婚

我不要结婚,我

不要成为男人
我情愿清清净净回到麦地
成为一条虫子可爱的虫子
青色的铜噢我愿
成为一条虫子甜蜜地
住在麦仓中

（收入《不爱之间》，文化艺术出版社，1990 年版）

麦子

遗弃乡村
一粒麦子
走进城市的房子中

鸟的歌很远
声音敲着木板,我倚靠着木板
想着城市的腐朽
阳光照射
腐朽的墙,旧友的名字
如玻璃,阳光照射
灰尘
黄色的麦花
从果实上脱落

在这座城市,我最后一次打坐
最后的希望,掇走果实
掇走苦难和爱情
在遥远的异地
用麦子
建造我温和的家园

此后的日子遗弃
爱情和友人,从一颗麦上

只身逃离

我赤身裸体，不依靠任何人

我只扭动一下身子

或在麦子上打滚，就会生下

许多的孩子

（收入《不爱之间》，文化艺术出版社，1990 年版）

回答

走向父亲
麦子成熟的夏天
我在麦芒上度过
金黄的一生

麦子,给我爱情的父
在你的手底
我无力飞起,无力回报
爱的生命和情义

无力回报
你给予的一生
躲进白色的碗里
和端碗的手、抚慰的手
一起沉默的始终

走向你
给我仇恨的父
我爱上一个女人
是你的妻子,我的母亲
麦子,我爱上一个女人
是我的妻子,你的母亲
坐在饱满的麦粒里

仇恨中,现在我已是你
痛苦的父亲

坐在爱情的鞭子里
面对鞭痕
麦子结束的一生
现在
我已是你幸运的父亲

(收入《不爱之间》,文化艺术出版社,1990 年版)

未尽之缘

看着你在彻骨寒心的雪地上走动
已经很多年,梅花开落
已经很多年
我在梅影以外拨弄水声

这一切都很多年了
你还是从前那个自爱的人
在冰封的路上
绝望地等待枯木逢春

这一切都很多年了
我和妻子在你等待的树下停留
我和妻子讲起一个女人
总在痛苦中离去,总在痛苦时
又来到这里
妻子的泪已经流了很多年

那棵树枯荣了很多年
还要延续很多年

（收入《不爱之间》,文化艺术出版社,1990 年版）

给 P

我所能想象的日子
你在雨中,撑着伞的日子
你在岸边
触礁的日子
冬天的日子
添炭的日子,守在炉边
结冰的月下,窗帘高卷
听见伸出的手
听见长睫的低语
眼睛吹熄满天的星斗
没有月亮的日子
蜡烛照着一扇漆黑的门
你在门边倚坐

（收入《不爱之间》,文化艺术出版社,1990 年版）

走入秋天

我从很远的地方来到你身边
经过树林
你岩石一样坐立
而你更像一位
帝王

我是你带来的包袱
你用木屑打制的
还有一条青石和水
半辈子的木工生涯,父亲
你是一位优秀的木匠

我饮着斧子长大
沿着墨线走近你,墨线一样
挥洒
在你的手中
半辈子的挥洒
一位优秀的木匠

经过树木的人
向你点头,以微笑致意
望着你,望着
一位帝王

崇敬的帝王
岩石一样坐立

我是独一不称你帝王的人
你的儿子
蹲在你的脚上
打开包袱
里面装满零碎的木头

我是独一不称你帝王的人
帝王的儿子，神的儿子
躺在新制的木床上
等待着妻子的来临

（收入《不爱之间》，文化艺术出版社，1990年版）

冬天就要来

那么,让我走近篱笆
风冷着面颊
飞过两三只蚂蚱
就两三只
我从春天带来的
最好还让我带走

美得炫目的小东西
死也不肯
离开灌木丛
它们生在春天
好像为了死在冬天
我要知道它们怎样死去
怎样背对着我去死
冬天就要来,那么
让我走近篱笆

(收入《不爱之间》,文化艺术出版社,1990 年版)

不要许诺爱情

不要在这里许诺爱情
不要走近烛台
我在这里度过一生
白色火焰升起我的另一生
而尸体正没入水中

我只是曾经到过海上
不平静的一生又一生倚靠烛灯
海草漂在海底
像我的一生
又一生

白色海洋
白色海洋
我不像你平静地高歌爱情走向远方
我不像你一生平静

我只是曾经在你的怀抱漂过
看见海滩上
有情有意坐着一对对
恋爱的人

（收入《不爱之间》，文化艺术出版社，1990 年版）

孤独的女王

我在午夜来到时你已经走了
发自内心的光明、米粒
进入夜空
又像空气和面包将我充满

有一滴酒我就会醉
一滴泪水当酒
我就会如一个病人在午夜
独对月光
在我的窗下不用灯盏，忘却饥饿
寒冷和火焰
我像那一片升入天空的火焰
接近月光

大地在述说
像那个病人，孤独，靠在床头
我看到孤独的女王，我的双手
紧抱，飞向女王

午夜的背影女王在哑语
掩饰的脸朝向大地哑语
多像我伸出双手朝向女王哑语
多像我用背影渴望，用空气养大

在一个空间,水分充足
想起女王我暗暗长大

(收入《不爱之间》,文化艺术出版社,1990年版)

七天我都分别梦见

天边的七位王子我都分别梦见
前三天我做了他们的父亲
后三天我做了他们的父亲
最后一天七位王子都已生下
我做了他们的兄弟
并带他们进宫

而我是早已死去的诗人
宫殿坍塌，被瓦片埋没
被黄铜镌刻
我是唯一还怀念生者的诗人
在埋没中活着
我的七位兄弟，群龙无首
我的七位兄弟像一把等待的椅子
欢乐无首

整座城市在夜晚降下
落在我手心犹如陶瓷
盛着我落在北方的土里
埋过金属的地方
走过送嫁和迎亲的长队
落泪的北方，兵器和马骨露野的北方
孤寂的土里

我的七位王子
长久地饮恨,孤寂无首

（收入《不爱之间》,文化艺术出版社,1990 年版）

出发

我要去的那个城市
很多人都走了
像一些渔民出海未归

我要去的那个城市
有人在等我
那是一些年轻的女子
蝴蝶般卧在我经过的路上
我将在那里获得爱情
获得一些白色原木漂在河上
一去不返
追从那些离去城市的人一去不返

经过一些河流或海
我想在船上打听一些人的名字
他们是我的同途的朋友
我和他们一同点燃渔火
忘却海上的漂流

那些渴盼我的少女
你们要站在城市的楼顶
舞你们的衣裙
红色的衣裙像一团火

我要去的那个城市
火光未熄
少女们在窗下为我备织
御寒的冬衣

（收入《不爱之间》，文化艺术出版社，1990 年版）

白昼的伤口上夜在居住

离开你,我为什么离开你就走在七月
故乡在水上重逢
心上人的房子光芒照彻
日子在水上重建

心上人站在江边
心上人是洁白的雪花落在七月的山上　是雪白的
刀子插在我的身上

白昼的伤口上夜在居住
好像玉米居住琴弦居住
好像雪花入地,一只手的声音
我们一起握手,一颗心脏
为一颗心脏痛,两颗心脏
离开身体,切肤的声音
心上人,亲人中只有你让我如此疼痛
白昼的伤口上只有你陪我厮守家园只有你
使我疼痛万分

我在七月的江边行走
为什么我就在七月里远离,在江上眺望
逝水东流,我顺水流的方向
眺望,心上人从我身上长出

内核在七月里深藏
我在江上眺望唯一的亲人,向我走来
是我唯一的亲人
心上人啊在这个世界只有你走来
陪我说话
陪我在江上坐到天明

（收入《不爱之间》,文化艺术出版社,1990 年版）

不爱之间

我走在一条路的尽头
雪,厚厚的白色覆没足迹
圆了又瘪的月亮,春天的落叶
已经走得很远
我在这条路的尽头行走,依然回眸
披着蓝色的月光行走爱人孤独的
岛上,在星夜
在叶片之上,我依然爱着
一尾鱼游向陆地

在星夜
应该记得在一个冬天里爱过
或不爱,在一只甲壳薄薄的羽叶里
透明的房子、桌椅、雪花灼人的屋角
就在这个不想走出户外的
冬天,应该在房子的四周走走
泥土下的草,泥土下的痛苦,声音远去
落泪的声音,你要记得爱和不爱
同样深刻
泥土下的草
泥土上早已死去,水一样
平静。在水的日子里
你要记得我行走在一条快尽的路上

这个时候我走在一条路的尽头
在清晨
在我们年轻的时候,太阳照着草地
放弃世间的理智
在一条曲径通幽的屋巷
放弃昭示,神
这时候,我们始知疲倦
这时候,正是森林从我们的手指逃奔
的时候
我们两手空空,我们一无所获
除了诗歌,除了光的朗诵、优美
我们一无所获

我们走在一把斧子上
如行走在一片平稳的浪花上
诗歌的帝王,坐着花片,在水上
在波伏的岸边
在脱光叶的树上、树的根须上、地的深层
在水上,生命的帝王,依然爱着
人,依然爱着
人的欲望将使我毁灭
焰火将使我毁灭
我在灰烬中依然回眸,依然爱着

爱人,我日夜潮淹的灵魂
你的灵魂,我竭力呼唤
悄悄死在一个角落无人知晓
无声的欲念,爱人
我死去的日子是爱之至深至沉的
日子啊,在一条
快尽的路上

(收入《不爱之间》,文化艺术出版社,1990年版)

花园

半夜地上没有花园
雨水迅猛
来自昨天

半夜道路继续延伸
昨天的雨水迅猛
打着今天的主人

我总要去一个地方
我肯定得去一个地方。你说
我是最爱你的人

1991.11 娄底雨中

（收入《九地集：东荡子诗选》，广州《面影》诗刊，1997 年 12 月）

英雄

欢呼的声浪远去
寂静啊,鲜花般开放的寂静
美酒一样迷醉的寂静
我的手

你为什么颤抖,我的英雄
你为何把喜悦深藏
什么东西打湿了你的泪水
又有什么高过了你的光荣

1992.11.8 深圳旅馆
(收入《王冠》,天津社会科学院出版社,2005 年 6 月版)

年轻时我天天歌唱

我已经不能等得太久
最后的血液只能供需最后的歌唱
火焰将要熄灭，我将成为灰烬
或升入天堂的气体

我已穿越生长的本质
穿越所有的命脉，只有一种命脉使我不醒
只有诗歌使我不醒啊。青春的我
青春气盛，盲目地撞入
窃取古铜的语言
要为你们铸造诗歌的臂膀

请你们舒展诗歌的臂膀
请你们拥你飞舞
其实我早已暗暗飞舞
我早就铸造你们优美的臂膀
在我心中自由飞翔

比天空更广阔的你们知道
比心怀更高远的你们知道
诗歌啊，年轻的竹笛
年轻时我天天歌唱
年轻时我吹响竹笛走遍苦难之邦

怀抱爱情拯救万灵于水火

古铜,古铜,我怎么可以把你日夜磨亮

磨圆,照得见

天下有情人,我在关关声中的一场大梦

他们是我梦中永不谢去的亲人

他们像我,远在严冬的冰窟

被花朵烧焦

1993.9.30 首阳山

（原载《绿风》1995 年第 6 期）

水又怎样

我一直坚持自己活着
疾风与劲草,使我在旷野上
活得更加宽阔

为什么一定要分清方向
为什么要带走许多
我不想带走许多
我需要的现在已不需要

光明和黄金
还有如梦的睡眠
是诗人说过的,一切
都是易碎的欢乐

我确实活得不错
是我知道路的尽头是水
水又怎样
我就这样蹚过河去

1993.10 首阳山

(收入《王冠》,天津社会科学院出版社,2005 年 6 月版)

无题

冬日单纯，白色辽远
欺骗来自雪花覆盖大地
囚徒

我得走。春雷奏响
道路在天边上升
囚徒在荆棘与鲜花中
自由

梦中的完美者
你称我是永恒的囚徒
在睡眠之中到处飞翔
同时也飞翔在
睡眠之外

（原载《圣坛》诗刊，1993 年）

午夜

午夜把一切忘得一干二净。我睡觉
做梦,多像空气,弥漫房间
有时,也跑到窗外

愚蠢的家伙,不像我一样,你为何微笑
怀揣一把刀,躲在我的门角

我看得出你的微笑比刀锋锐
看得出你更锋锐的笑容
才会真正置我于死地

愚不可及的家伙
你举起两把刀
而我正是空气,那时
已到窗外散步去了

(原载《圣坛》诗刊,1993 年)

吹过迷人的风

水上村庄迟开的花朵
我的马前往,人们的船前往
鞭子比谁都先抵达
寂寞的姑娘,好似睡去
被水村守望

崇高的花朵,你挤走我心中的马匹
辉煌的诗篇围绕你吟唱
把火的桂冠戴在你头上
金黄的爱情,装点你的双眸
你要好好入梦
我要弃马远行

你要我带着牧鞭走入你的梦中
你要我在梦中走亲访友找回原来的牧场与羊群

越过梦境
大地吹过迷人的风

（原载《圣坛》诗刊,1993 年）

大地早早醒来

七月
潮湿的花朵远离篱笆隐隐谢去

阳光普照,风吹草动
这个年代
只有生命挣扎暗暗喧嚣

金号已经吹响,群鸟飞翔
秋天护送的烈火,把十月的天空
远远嘹亮

谢去的花朵,你毕竟使我盛开
让我吹响金号,你毕竟使大地早早醒来

(原载《圣坛》诗刊,1993 年)

长醒不梦

我们为什么而来？看到耀眼的光泽
却也看到那么多人在流浪
什么在锈蚀，失去质量、住所
在冬天我们还得防备寒冷侵入骨骼

给他们一个归宿吧，避开潮湿的泥土
让夜风将南方的树叶送到他们徘徊的脚旁
让种子在春天长出炫目的房梁
爱情是金属，已化为泥土
长明星将返照内心的孤寂
直到泥土又变为金属

金属啊，你强烈的光芒，使长旅的人
长醒不梦，映照我的一片真心
我要带走秋叶的飘零
跟他们上路，让我以毕生的热爱
换取他们微弱的马灯

1994.4 华容

（收入《九地集：东荡子诗选》，广州《面影》诗刊，1997 年 12 月）

感动

遭受一次劫难和一百次劫难没有什么不同
如果你们是坚定的,泥沙沉落
花朵在月下洪波涌起

通过劳动和海水
渴望永不熄灭,没有什么不同的
还有我朴实的手掌
朴实,抚爱沧桑

你们居住在稻田,生我的梦床
我像庄稼一样成长、熟透,看见你们
在谷粒、陶碗和美酒的膝下
饱满地收割,那时
没有什么不同的,最终只有我的泪水飞扬
被你们永远感动、健康
你们是坚定的
你们只看到日出和粮仓

1994.4.7 华容

（收入《王冠》,天津社会科学院出版社,2005 年 6 月版）

歌声

春天在这以前早就把门楣打开
进入门楣的金叶来自高秋的舞蹈
一个人因此贫穷
一万个人因此贫穷
我所进入的世界,除了爱便再没有什么
我是天下贫穷的王,统治天下所有的贫穷
智慧和劳动。除了爱
我一无所有。我一无所有。我 一无所有

我是天下贫穷的王
秋天的树上最后凋落,截断飘零流浪
直至天地。我更要截断
无家可归的、有家难归的
我要阻止你们漫天的思想
到安乐的村寨去,我要带领你们
温暖地拜访午夜的门庭

请你们以初月的羞怯接受恋爱
我是第一个答应开辟春天的人
我是第一个先知你们可爱
请你们以初月的媚腰随我舞蹈

这个世界只要爱情便再不需要什么

我是一个睡去的王,睡得那么深
将你们的梦指引。你们
必将把宝库打开
让所有的金箭统统放出来,射中我吧
对准我的声音,进入我的声音
请你们以阳光的热烈跟我合唱
歌唱的王,他只呼唤你们
他只能以歌将你们唤醒

1994.5.21 华容

（原载《西北军事文学》1995 年第 3 期）

和平

河边，我带着巨大的饥饿领受风暴的袭击
鱼在水中穿梭，呼吸，自由，并且张望

岸上的鱼类，像我，我是最先盘坐低岸
感到平静是如何地博大
美丽使战争一再升级
我将再以美丽制止战争
使人类的智慧得以完好保存

风平浪静
现在
我感到我的行动最后将回到你们中间
最后还将用残暴制止残暴。无序和平凡
我将用一具锐斧将你们斧造
你们想成为伟人，我就让你们成为伟人
然后再让你们回到平庸

原本就是这样。跟我来
到赤磊河，伏尔加河
密西西比河，尼罗河以及
恬谧的城市威尼斯的沟港
我们如回到生命的源头
那地狱的线正在消失

大水连接城市和人民,大水连接思想　连接
维也纳亲切的鸽群。那地狱的线
已经消失
漫步街头和村落
充满我们的都是和平

1994.5.23 华容

（原载《西北军事文学》1995 年第 1 期）

诗歌

一

我已犯下处子的错误
让我跟她结婚,那个动人的神女
黄金买不到;现在我却拿她
买不到黄金

活着是唯一的真理。我们要走得更远
才能像真理一样活得长久
风从低处清醒地吹来

走吧,到大地中间我已无话可说
自然之子,你们都懂得爱
爱别人更比爱自己,爱世间的事物
包括岩石和仇恨

二

世界上再没有什么称得上财富
如果秋风让枯叶都变成了黄金
填满大道和欲望
那么多张望的眼睛,望不到亮光
天空啊,那必定是你在迷失

他们要心身合一
他们要年轻与富贵
他们要歌唱,要在歌唱中忘记老去
让心灵开放
他们要园丁,他们是春风园里
盛开的玫瑰

我多么希望是这样的景象:黄金
都成为凋叶,归回自然
天空将如此高远,道路分明
财富漫天飘回

我的诗歌最后回到
她赶着所有的灵魂,在泉边喝水

1994.5.24 华容

(收入《王冠》,天津社会科学院出版社,2005 年 6 月版)

童年时代

童年时代
我从那里望不到以后的岁月
我感到那时的快乐
我感到一个人活着就因为快乐而不想到别的

多么圣洁
树根在肉体里伸展
穿过地皮,把血肉的思想指引到该去的地点

凉风吹动背上的阳光,我像一片树叶
轻轻摇动
我像一条虫子在摇动的树叶里甜美地做梦
梦见春天,又梦见春天

童年时代
我从那里望到的岁月,春天的山冈
春天的河边小鹿在喝水,在凝望

1994.5.28 华容

(收入《王冠》,天津社会科学院出版社,2005 年 6 月版)

吹醒平原和高山

我所经历的坎坷都长过生命
从蚁穴到金器的屋顶,流水照见永恒
劳动依然朴实如泥土沉静
在河道两岸生长不朽的精神

是什么力量让你们靠近土地
种植谷物、花草,开通河床
在平凡中创造非凡
爱情穿过岩层吹醒平原和高山
那么又是什么
把白天黑夜都吹散

我所经历的生命都长过生命
大风燃烧沙漠、戈壁、热血与马群
人子向着不屈的膝盖
骨髓进入上升的城
城啊城
我在早晨看见英雄赶马的背影

1994.6.28 华容

（收入《王冠》,天津社会科学院出版社,2005年6月版）

确信我的存在

我深知你们是不愿意来到世界的,慈善的人
依然使我平静面对初世的啼婴。当然
还是你们啼婴时的哭声,先知的声音
总是那样顽冥与真诚
谁又无可奈何地接受事实:一天一天
变得恶狠。爱。同情。烦躁。孤独。仇恨
打自己的耳光,就那么虚伪近似深刻
我深知你们的微笑和欢迎
是美丽的树上结着果子沉甸而满含毒汁

慈善的人
我不可逃避的你们照样不能逃避
我确信我的存在是人类的智慧,我的灾难
便是你们的灾难
我创造了上帝,同时又让他死去
让他怀着悲哀看我怎样走过他的尸体

1994.7 华容

(收入《九地集:东荡子诗选》,广州《面影》诗刊,1997 年 12 月)

明夜多么爽朗

这是中秋的前一夜。雨夜
摸索的夜。在路上
我想到,明夜多么爽朗
那些歌声的翅膀
至少有一半,要被折断
有一半愉快地飞翔
被折断的翅膀,我想着你们
也要飞翔

大地,天空一样醒着,宽广
我感到前夜的漫长多少令我疲倦
我要永远醒着走到明天
我要月亮的光辉流遍
我要一匹大鸟在我头顶盘旋,并且歌唱
上升的歌谣

被折断的翅膀,请你们抱住上升的歌谣
请你们跟我一起上升
明夜多么爽朗
我将用我的朴素、干净以及疯狂
使你们重新长上翅膀

(原载《湖南日报》1994 年 11 月 24 日)

他相信了心灵

（1995—2006）

美妙的事物成为两个家

把我交给你,连同虚幻的一切
在春天的船上旅行
我想告诉你
春天的水上会有什么发生
一只苹果的香味浓过春天
我第一次闻到,尼娜
我第一次启动美妙的事物成为两个家
尼娜,尼娜
回吧,回吧

1995.2.26 深圳

（收入《九地集：东荡子诗选》,广州《面影》诗刊,1997 年 12 月）

献给尼娜

上帝在七天里完成了世界的创造
我在第八天创造了上帝
把罪恶和惩罚放在夜间
把食物和奖赏放在醒来的枕边
谁第一个醒来谁就对世界一览无余
谁就是无形的，可它无所不在
像饥渴的思想生长粮食和水
它也没有声音，可谁都紧跟它的召唤
上帝对这一些一概不曾料到

万物要在东方改变从头开始
水要从东方流过去，顺着赤磊河到世界各地
漫淹西方的沙漠和戈壁
使它们成为绿洲，有静谧的睡眠
上帝只知道我们都将死去
可我们在日夜忙碌着不死的事情

腐朽的肉体啊，想着死亡的快加速死亡
那顺着河流进入山林的孩子正在砍树
他一声不吭，挥动锋锐的时间与意志
像我的兄弟，像我的邻居
像我擦肩而过的陌生人，他一声不吭
说明这世界在大声喧哗、嘈杂、无序

这世界要立即改变,要那么多人砍伐孤独
让恐惧死亡的人加速死亡
让权力、专横、虚伪、欺骗、残忍、卑劣、刽子手
淫俗、无知、形式、毁灭、不不

爱啊,把它们都赶入天堂
让永生的站在一起
让永生者在地狱里一分钟也不要睡去
仲尼带着一群弟子迁奔艰难的土地和马车
马克思像艾滋病毒被拐杖漫天驱赶
屈大夫、歌德、惠特曼、聂鲁达
拜伦、泰戈尔,他们都是好兄弟
他们分别在各地歌唱中奔走流浪
上帝却在我们的头顶拉下粪便就撒手走了
我悔恨我第八天的创造是弥天的大错
原谅我,爱啊,请原谅我的泣哭和忏悔
让我跟永生的人在地狱里得不到半点休息

现在我只有跟尼娜在一起
尽管我们二十四小时不能互相看见,更在做一些
我们一生一世都看不见的:怀念、歌唱以及未来
可能他们看得到,他们热爱,通过他们
我将一滴一点地把自己献出
像搬走一片云朵,移走一缕阳光,甚至像
连谁也看不见的风。它们绝不像血使人害怕
使脆弱晕眩,它们没有颜色,没有重量
不能充当商品在大街上出售。它们的质量
它们只有质量犹如灵在燃烧,丝毫不剩
永远不灭

我就这样献出,一切从东荡洲开始
从生我的土地,我的国家,我的人民
首先要爱,我对我的人民说

首先要爱,才会认识透彻的事物

大路上布满荒草和乱石,连一枚野果

都能使头脑与身躯产生分离

注入兴奋剂的黄金天马行空

心灵在暗淡暗淡暗淡,看不到心

大街上穿着新衣的皇帝我已将他撕成碎片

这顺手的举动不得不令我重新回到第八天

我痛切的回忆我们的日子屋漏愈演愈烈

在我的祖国,尼娜,你要做证

只有你能够证明,从东荡洲出发

我对一根小草都没有

放弃我的唠叨和宣扬,把那些破烂的马车

废铁和发腐的纸张统统扔到河里

我们有那么多畅快的河流:伏尔加河

赤磊河、黑河、银河、密西西比河、大运河

用尽世界上所有的灵魂,干净的灵魂

甚至淌血的灵魂,把天空的尸布洗涤

还给我们圣洁的月亮

强烈的阳光从来就是从心灵照射八方

万物要重新生长、开花、结果

留下骨头做种子

我要的就是敲响丧钟的骨头把沉睡也敲醒

一切该吹落的都要吹落,只要一根血管

流着正义、善良、民主、秩序和热爱

在和平中哗哗欢淌,风啊

让我乘着你到人民的身边,和他们耕种、谈笑

跟美德结婚,让我将一大片孩子

在春光中生下

1995.3 深圳

(收入《九地集:东荡子诗选》,广州《面影》诗刊,1997 年 12 月)

白

一匹大鸟在天空，光芒四射。扇动空气。风。优美。睡眠。崇高。博大。
思想。翅膀铺天盖地。
这一切叫诗歌。
我听见声音说：下降。
或飞升！

（原载《西湖》1995 年第 5 期）

黑

天开始暗。人类的屋檐下,狼在走动、耳语,洪水滚腾在森林。大地要干干净净。

大地就是大地。

比如天空。我听见没有声音说:出来。

看着我!

(原载《西湖》1995 年第 5 期)

植物在风中摇摆

植物在风中摇摆,像人的尾巴
植物在我们迎接的深秋弃落它们的果实
但植物在我们眼前摇摆
在劳动中欢乐
并不像我们空中的尾巴。我们不幸
我们的不幸来自我们永渴和平
我们生来就陷入战争
我们在战争中丧失生命
我们在盲目中苦乐
我们仍将在盲目中开花结果
植物在土地上不语
也不去梦见土地的和平

1995.12.16 广州出租屋

（收入《王冠》,天津社会科学院出版社,2005 年 6 月版）

阻止我的心奔入大海

我何时才能甩开这爱情的包袱

我何时才能打破一场场美梦

我要在水中看清我自己

哪怕最丑陋,我也要彻底看清

水波啊你平静我求你平静

我要你熄灭我心上的火焰

我要你最后熄灭我站在高空的心

它站得高,它看得远

它倾向花朵一样飘逝的美人

它知道它的痛苦随美到来

它知道它将为美而痛苦一生

水波啊你平静我求你平静

请你在每一个入口阻止我的心奔入大海

也别让我的心在黑暗中发出光明

在它还没有诞生

把它熄灭在怀中

1995.12.18 广州出租屋

(收入《王冠》,天津社会科学院出版社,2005 年 6 月版)

致诗人

多少人在今夜都会自行灭亡
我在城市看到他们把粪筐戴在头上
他们说：看，这是桂冠
乡下人的粪筐，乡下人一声不响
戴上它在阳光下放牧牛羊
我断定他们今夜并非一声不响地死去
那群写诗的家伙，噢好家伙
我看见受伤的月亮
最后还透映出你们猥琐的面庞

1995.12.18 广州出租屋

（收入《王冠》，天津社会科学院出版社，2005 年 6 月版）

朋友

朋友离去草地已经很久
他带着他的瓢,去了大海
他要在大海里盗取海水
远方的火焰正把守海水
他带着他的伤
他要在火焰中盗取海水
天暗下来,朋友要一生才能回来

1995.12.19 广州出租屋

(收入《王冠》,天津社会科学院出版社,2005 年 6 月版)

盲人

我们从未写好一首诗

我们从来没有进入秋天

秋天更接近真理

西风凋落我们年轻的头发

枯叶重返故土,我们却要赶完一段路

才能进入黄金世界

我们骑着瞎马,我们这些盲人

还要赶做一些迷人的梦想才能进入黄金世界

秋天深了,我们还在路上,唱着歌

仍在赶做一些迷人的梦想

我们这些盲人

赶着马,不懂得黄金世界

万物在奉献

我们还在赶做一些进入真理的梦想

1995.12.19 广州出租屋

(收入《王冠》,天津社会科学院出版社,2005 年 6 月版)

太阳显露万物的真相

太阳显露万物的真相
呻吟是其中的一项
但必须忍受,如果黑夜还在
你要领着它前进
树根把握地下的道路无畏地向前
来得最迟的无非就是我们
并不知道以前发生过什么
一只手滑向遥远的童年,及至母腹
水,和沉睡的地火
而未来我们也毫无所知
另一只手却伸入天堂
我们在那里砍柴
我们将在那里吐尽人间的芬芳

1995.12.24 广州出租屋
(收入《王冠》,天津社会科学院出版社,2005 年 6 月版)

永不消散的物

这弱小的声音来自哪里
我巨大的身体被它带走。我抓不住
我渴,请给我滋润
也许是爱情,从火中出发
在一片正飘落半空的树叶上
我瞥上一眼,便被它从此点燃,燃烧
我感到我肉体的声音,血液的声音
我微弱的欲望推倒我整个身体
永不消散的物,我为什么
迷上我不幸的一瞥
我为什么抓不住自己
我的身体要被带到火坑
心现在在哪里,它沉下去了吗
它浮上来了吗
它飞不到天堂
它做出一个郊外的面孔
正快乐地看我,从火到灰烬

1996.7.3 太和楼

(收入《九地集:东荡子诗选》,广州《面影》诗刊,1997 年 12 月)

黄昏欢乐地沉下

我惯于在流浪的途中问候美好的事物
应该向她们致意
问候她们及她们手中的玫瑰

两个女孩和三枝玫瑰，一起燃烧
黄昏欢快地沉下
赞美吧，歌声从那里升起

我无法扑灭水底的火焰
却更让我把月亮的风光占尽

不幸如此到来，我们在赞美中完成
美妙的气息，同时也在腐烂
就像她们含苞欲放，压住渴望的胸口
被风雨吹打

三天以后将会传来她们的消息
现在我已远远地看见，两朵火焰
四朵火焰
我美丽地奔走在人间
其实早已在腐烂中死亡

1996.7.12 太和楼

（收入《九地集：东荡子诗选》，广州《面影》诗刊，1997 年 12 月）

月亮

月亮是我们想象出来的。她优美地高悬
我们在她的笑容里散步、恋爱
做着梦,看见幸福的来生
我们还在梦里想象更多的月亮
最后一个月亮是黑色的
我们摸索着,点起篝火
少女在轻轻唱歌,有些忧伤
强盗在沉默,从马背上下来

1996.7.17 太和楼

(收入《王冠》,天津社会科学院出版社,2005 年6月版)

鸟在永远飞翔

走过许多的土地和村落,它们使我迷茫

为什么到处都是一样:无边的天空

鸟在永远地飞翔

我爱上这一切,仇恨随之到来

鞭打我们的肉体吧

飞离苦难和幸福的根源

并不需要到来,欢迎我们的嘴脸

又传给他们,直到临死

还装出依恋和忠诚

从来没有人替我告诉他们

今夜我要亲自站出来

蜘蛛覆盖城市的教堂

我在教堂曾为他们敲响丧钟

听吧啊听吧,今夜我将为他们敲得更响

父亲听得见

祖父听得见

儿子还没有诞生

儿子听得见

一个世界为什么不是一个梦想

请给我们看看那真正的容颜

到底在哪里向我们热切呼唤

1996.7.17 太和楼

(收入《王冠》,天津社会科学院出版社,2005 年 6 月版)

生来就得寻找

我们生存的目的就是为了寻找目的
但目的是个怪物，很快便失去意义
它像明天、今天都将成为昨天
我们生来就得寻找
因为我们没有，我们需要
我们弄不清我们憧憬的未来
我们必须为它付出信念和牺牲
如果我们拥有永恒
我们就不会寻找永恒
别看我们活得葱葱郁郁
但死神更在时刻呼喊
我们连自己的死都无法看到
也不能听到死者梦见的喜悦和哀伤
活着，只要我们坚信
并且仍在寻找，哪怕生存的意义
如生命一样短暂或虚妄
永恒便会悄悄来到我们中间

1996.7.21 太和楼

（收入《王冠》,天津社会科学院出版社,2005年6月版）

他相信了心灵

一滴水的干涸因渺小而永远存在

让我们站在海上沐浴海风,或者凭吊

那不可一世的青年现在多么平静

他看见了什么?辉煌?落日?云彩和失败

他相信了心灵,心灵要沉入大海

那不可阻挡的怪兽,摧毁一切,烧完了自己

在黑夜前停了下来

1996.7.24 太和楼

(收入《王冠》,天津社会科学院出版社,2005 年 6 月版)

生存

世界从来没有要求我们生存

我们也没有任何义务,在世界上生存

可是我们活着,那么谁在指使我们

创造光辉的勋章,要我们佩戴

我们却往往在同一炉膛打出枷锁和镣铐

花朵在荆棘丛中生长,充满幸福

人类的幸福必定充满恐惧

没有人敢这样喊出来

也没有人,不愿意不追求幸福

那好,还是让我们

来把幸福的含义全部揭穿

它来自人类

它是人类一场永劫的惩罚

1996.8.16 太和楼

(又作《可是我们活着》,收入《王冠》,天津社会科学院出版社,2005年6月版)

暮年

唱完最后一首歌
我就可以走了
我跟我的马,点了点头
拍了拍它颤动的肩膀
黄昏朝它的眼里奔来
犹如我的青春驰入湖底
我想我就要走了
大海为什么还不平息

1996.8.17 太和楼

(收入《王冠》,天津社会科学院出版社,2005 年 6 月版)

在天上还要寻找什么

在巴黎写诗的家伙只有一个

他是一个潦倒的贵族,父亲一死

便开始流浪,卷着父亲留给他的十万法郎

他把猫倒吊在玻璃上

让人想到一个未来的王朝

玻璃终究要碎,猫会跳到另一个屋顶号叫

整个巴黎都已闻到呕吐的猫

这是早晨,阳光被枯叶遮住

只有一个老头抱着锄头在咳嗽

再写一封情诗给银行家的情妇吧

看那火山喷发的家伙快要逃跑

波特莱尔,我总算是看穿了你的用心

你的继父在欺侮你的母亲

你的继父,即使你老了,他还要揍你

你是一个乞丐,一个醉汉,一个吸血鬼

你是一个妓女,一个绿色的淫鬼

你在一具狗尸前停顿了一个上午

下午就狗一样闻到了地狱,你已成为整个巴黎

你的父亲杀了亚伯,你活该世代流浪

并把眼睛瞎掉,看不到猎矛战胜犁铧

可你阴郁的眼球怎么盯住了我

你这盲人在天上究竟还要寻找什么

1996.8.17 太和楼

（收入《王冠》,天津社会科学院出版社,2005 年 6 月版）

消息

我说我的国家,它勤劳、勇敢、智慧
还经常玩弄智慧,远古就有的
像其他所有的国家
但没有什么力量可以解除我与它的关系
远古就已注定我的存在,我的未来也在注定
我必定要瞎哭着来到它的某个乡间
屋前有一条河,喝那河水长大,直到弄懂
一个乡村,一个城市,一个国家,一个人
什么东西不会消失呢? 太阳进入黑暗
真理要宁静地普照
无论我们从这个国家出走,还是被放逐
或者仍是因热爱而愤怒,死在它的土地上

1996.8.26 太和楼

(收入《王冠》,天津社会科学院出版社,2005 年 6 月版)

美女和狮子

美丽的女人使我的颂词都要失去意义
她们的确美丽、动人,教我神魂迷乱
我吝于赞美她们。如果
她们在我的面前出现。那时水火相融
一切饱满、透明,只有我是污浊的
只有一条燃烧的毛虫在晶莹翡翠的世界乱跑
我怎么坚持到最后,我快要窒息、撕碎
那么的轻、轻,找不到目的,冲上去,冲上
抱住,一股强猛的力,摔倒、吮吸,胡乱地
忘情地,忘掉杂念,哈啊
好像一切都已发生。一头平静的狮子
激动的狮子,愤怒的狮子
沮丧的狮子,那么多刺盯着
一头关在铁笼中走动了几圈
咆哮两声后又在佯装打盹的狮子

1996.8.27 太和楼

(收入《九地集:东荡子诗选》,广州《面影》诗刊,1997 年 12 月)

和谐

如果我真的显得多余

像南方商业的噪音,以及人们对金钱的谩骂

我的多余,正是对你们恰到妙处的打击

你们不会知道,我曾努力使自己变得无知和糊涂

只写一些无关痛痒的诗,但必须健康

像我的身体一样,像野草

远离城市的污染,远离美好的言辞,自生自灭

这不符合我,我的怪性从中作梗

折断我,使我自己叛离

我的灵对我的肉体说:走吧,没有水和粮食

我的肉体对我的灵说:走吧,没有栖落的地方

事情到这里还没有结束

我又不断听见你们梦呓

难道是我在不断偷听你们的梦呓

1996.10.26 圣地居

(收入《王冠》,天津社会科学院出版社,2005 年 6 月版)

岁月从我肩头落下

我是在幸福中睡去的
背靠优美的琴
你却没法停止我的思想
像赤磊河领走我少年的时光
我在那时抱过的河流
和我在风雪中相互慰问
送给我干粮和水袋
送来马匹，跟我交换流浪的方向
想想在冬天，我还将紧抱
不凋的风暴，但此刻是多么宁静
岁月从我肩头落下，或飞舞开去
我横过冰冻的河流
犹如一颗巨大的尘埃

1996.11.2 圣地居

（收入《九地集：东荡子诗选》，广州《面影》诗刊，1997 年 12 月）

一天的痕迹

那天经过沙河大街,看到他们在砍树
那些树枝繁叶茂,树干却早已腐朽
当我来到一片建筑区,看到了另外的景象
一片树林被砍倒,有的细嫩,有的粗健
同样枝繁叶茂,工人们坐在树上
打盹、抽烟、盯着街边摆动的腰肢
对他们来说,我的到来有点意外
但我却想着是否该提醒他们
下午 5 点 30 分秋天就过去了

1996.11.26 圣地居
(收入《王冠》,天津社会科学院出版社,2005 年 6 月版)

得不到回答

晨光是从窗口进来的
但我不是像窗口一样感受到的
我为之一振了吗？海棠花,红色的海棠
你一天一天地美,你轻轻地摇了摇
我却无法从你俊美的表情来辨别,是问候
还是摇尾？我得不到回答
另一个道理却非常简单:只要
我不再重复每天早晨的劳动,海棠
便得不到水。为什么我不这样想

1996.11.26 圣地居

（收入《九地集:东荡子诗选》,广州《面影》诗刊,1997 年 12 月）

大海终将变得沮丧

我最初的到来,他们没有在意
心要在潮湿的角落发出声音
它要向天堂进发,向权力低头,向世俗屈膝
阳光照不到树根的爬伸
我也知道心要在潮湿的角落发出歌唱
它鲜活的旋律,像树木弹拨天空
让我们一起感受它的激越与悠扬
为他们祈祷,宽恕他们
大海终将变得沮丧
当我把心领出潮湿的角落
成为酵母投入大海

1996.11.26 圣地居

(收入《王冠》,天津社会科学院出版社,2005 年 6 月版)

诗人的事

他们要求一个诗人要跟上当下的步伐,跟上洪流
据我所知,泥沙俱下确有无穷的力量
可以淘出金子,也可以浅积淤泥
而我认为一个诗人真正要做的事:诗人既不是金子
也不是淤泥,要么同流合污
要么筑就长堤

1996.11.26 圣地居

（收入《九地集：东荡子诗选》,广州《面影》诗刊,1997 年 12 月）

冬天

窗下的树枝都在朝我摇
要我下楼,阳光下散步,听听鸟的鸣叫
北方大地早已大雪飘飘。那边谁在笑
谁在追逐,尼娜
我多想和你在一起,踩着雪花
越过北方的风暴

1996.12.6 圣地居

(收入《王冠》,天津社会科学院出版社,2005 年 6 月版)

到中国去

大海的荣誉是永恒的荣誉

诺贝尔是大海

但诺贝尔明显的缺憾：不懂得汉字

可以抵挡人间所有的炸弹

他也不知道21世纪30年代，全球发疯

汉字养育人类，他们争相观光北京

抚摸圆明园的石头，在火中睁开眼睛

想去抱抱长城，甚至还想

爬进马王堆，躺上一个时辰

哪怕是赤磊河畔的东荡洲

诺贝尔也会驻足，脱帽致敬

1996.12.9 圣地居

（收入《王冠》，天津社会科学院出版社，2005年6月版）

我因这包袱在世上活着

一月的寒风吹醒我的眼睛

一月的寒风猛烈地吹

并且偷取我的心

我因这包袱在世上活着,流浪

我只有带着这包袱才能把赞美的歌长留世上

你要偷走我的心你就偷吧,如果你正饥饿

它对你也同样适合

你要偷你就赶快行动,最好在月底

把我的心偷得一点不剩

我看到一月的寒风吹醒我的眼睛

把一片田庄

也吹醒。我好熟的田庄

我离弃的田庄

我在泪水里梦见丰收在望

我在泪水里梦见我醉倒在回家的路上

你要偷走我的心就请全部偷走全部偷走

把它带回那田庄

1996.12.18 圣地居

（原载《作品》,1997 年第 2 期）

不要隐秘我们的心

观察植物拔节,倾听它们滋滋生长
必将探求到生命的奥秘
万物本来就没有声音,人类也没有耳朵和眼睛
我们被置身和谐、梦想和死亡
世界令我们在未见面之前就相互寻找
我们的束缚来自我们自身,施下斧刃
也必定屈于斧刃,或两败俱伤
所有斗争绝非偶然,它类如我敏感事物的天赋
我早就发觉必须逃出生命的怪圈
手脚妨碍我们的语言和声音,又是它们
妨碍我们行动和思想
避免贞节成为眼中的垃圾,我们仍然做不到
感叹天空这无穷无尽的窟窿,漏掉或陨落我们
被大地接收、滋养,为爱、憎恨而成熟
越过藩篱,不像越过心灵和意志
让我们不顾黑夜阻拦倾听,生命而成为知音
不要隐秘我们的心而显露出脸

1996.12.23 圣地居

(收入《王冠》,天津社会科学院出版社,2005 年 6 月版)

羽毛围住我

有时候他们停步在我的面前,羽毛围住我

霞光突然消失,暗夜来得太早

我只拿住伙伴的一只手,他的身体令我无比战栗

他的冷漠的嗓音几乎凝滞

让我想起曾经为另一个朋友埋下墓碑

"安息吧,李",火焰在空中轻轻掠过

他们瞬刻散去,看不见踪影

除了光明,我连一片羽毛落地的声音都没有听见

1997.1.5 圣地居

（收入《王冠》,天津社会科学院出版社,2005 年 6 月版）

为祖父而作

他应该在赤磊河边安详地活到百年

他用利斧砍伐过荒山的大木,河水流到今天

是他的奇迹,他的勤劳和勇猛

胜过饥饿的虎豹

他用铁器和木料架筑无数梁房

他应该站在今天的房梁上在早晨祝福他的子孙

这些青青的田亩

随季节逐渐金黄

洪水曾吞没了一切,但树木仍在长

不像我年轻的祖父,在这里流落

在另一地夭亡

1997.1.5 圣地居

(收入《王冠》,天津社会科学院出版社,2005 年 6 月版)

东荡洲

不能放下

不能不自己对自己说,你过于渺小

过于眷恋像妇人的心肠

我背着你流浪多年依然还要流浪

在你疲倦的皱褶里选择舒适的温床

却从来不梦见你固定的形象

我摸到你泪的冰凉,使我更加坚定

相信我爱着

时间不能把你和我分开

时间会不会也是一种罪过

你那时允诺我把你赞颂,并让赞颂流传至广

我却带着夏夜的蛙鸣进入喧嚣的尘世

窃听人们不愿听见的声音

窃听人们日夜渴盼的声音

窃取他们的罪证和喜悦

窃取他们的剑和玫瑰的毒

大地在深冬褪尽芬芳和颜色

我在世间犯下罪行

当我死去,它还会长留世上

1997.1.5 圣地居

（收入《王冠》,天津社会科学院出版社,2005 年 6 月版）

它们的力量

如今横在我们面前的遗骸和常青树
用伤痛抹去我们的过去,未来却依然彰显
高高的大理石塔的围壁和顶端,火的燃烧模糊
水的流动模糊
那些在物体的表层做着手脚的木工和石匠
携带他们四肢发达的儿女迁移到人群更多的地方
他们不用多久同样要被伤痛抹去
(遗忘是时间的药膏,抹去生命
却从不使生命永生)
我们也将面临接受不能接受的打击
如果他们也只是效法,做着表面功夫的工匠
完全用不着在时间之前
让水火先把我们夺走

1997.1.6 圣地居

(收入《九地集:东荡子诗选》,广州《面影》诗刊,1997 年 12 月)

诗歌是简单的

因为思考而活着

在人群拥挤的喧哗中闻到香气

在单个的岩石上闻到生的气息

在人群、岩石、草木与不毛之地

也会闻到所有腐臭和恶烂的气味

诗歌是简单的,我不能说出它的秘密

你们只管因此而不要认为我是一个诗人

我依靠思索

穿过荆棘和险恶而达到欢迎我的人们

铁树在我临近的中午开花

铁树的花要一个长夜

才会在清晨谢去,那时我遁入泥土

因为关闭思考而不再理睬世间的事物

鸟儿停顿歌唱,天空定有瞬息的凝固

你们挫败了我,是你们巨大的光荣和胜利

而我只是一株蔷薇,倒在自己的脚下

风很快就把一切吹散

1997.1.6 圣地居

(又作《瞬息的凝固》《很快就把一切吹散》,收入《王冠》,天津社会科学院
出版社,2005 年 6 月版)

她在史前就放出光辉

陌生人、新结识的朋友，和我们已经很好的朋友
我们互相不要猜忌，在我们中间我只说一句话
甚至只用一个字：爱。她在史前就放出光辉
她仍将指导我们如何相处、生活而放出她不朽的光辉
大地让我们好好在一起，像兄弟姐妹一般
像微笑和脸和眼睛一样密不可分
我们在一个大的庭院里工作、休息，并互相致意
我们不会的，有人会让我们学到
我们也能给予有人需要的
时空的伟大让我们与万物共灵性
获取万物的信息和密码。我们因爱而获取创造
骄傲和美，直到我们满意
像农民走进一丘丰硕的田地

1997.1.8 圣地居

（又作《大地让我们好好在一起》，收入《九地集：东荡子诗选》，广州《面影》
诗刊，1997 年 12 月）

躲进白昼

少年时在一条河边玩耍
青年时闯入一条陌生的街道,白白耗掉
美丽的时光

没有人给我特权,让我抓住
那游手好闲的家伙,猛揍他的脸
他错误而轻佻,背井离乡,把生命扔在路上
把爱情写在纸上,他躲进白昼
迷失黑夜的方向

如今想到未来
那时我老了,那么多伙伴在夕晖中闪过,走了
落日变成,忏悔和不安

1997.1.8 圣地居

(又作《如今想到未来》,收入《王冠》,天津社会科学院出版社,2005 年 6 月
版)

那时我不屑一顾

当我拄着拐杖回到旧地
一切都已改变
只有你仍在水上升起。在赤磊河边
那时我不屑一顾,扔一块瓦片
数着粼粼的波环
不细细观看日出
不仔细观看太阳下的船帆
如何被风鼓满,驶向风雨中
以及它要去的方向
我拄着拐杖回到旧地,那时河床已浅
但我看不见
我浪掷的黄金与梦想

1997.1.8 圣地居

（收入《九地集：东荡子诗选》，广州《面影》诗刊，1997 年 12 月）

北方

一身贫穷就到北方去
北方的秋天落满金子
因失恋而不能忘去的名字被金子覆盖
灵魂与肉体,不需要祈祷和祝福

让死亡变得坦荡就到北方去
北方四季分明,如一张喜怒哀乐的脸
纯朴与亲切舔着你的心灵
你在道路上留下爱
你知道你在世间做下的一切

如果想回到树上的生活就到北方去
那里身佩宝剑的侠客在游荡中劳动
那里时间令正义和真理结合起来

1997.1.12 圣地居
(收入《王冠》,天津社会科学院出版社,2005 年 6 月版)

来自莫斯科的传言

我见过孤独的人,但从未见过
发出音乐的器官的孤独,他在马靫声中
拥抱邻近的灌木,被大地创造,如今隐匿
在木板、雪橇、酒精中被勾销
他是我从来没有见过的农家兄弟,戴着黑色礼帽
藐视彼得堡沙龙充满贵族烟雾的欢笑
来自梁赞村落的自信、自狂和抑郁,他同样藐视
他沉迷美酒和田园
他沉迷于用自己的肉体制作蜡烛
他在熄灭,在莫斯科的大街上摇晃
来不及照完他与异国女人婚姻的旅途
他已过早地将自己吹熄
现在来看看那有趣的马车夫,他在莫斯科
到处传言:你想要获得新的自信
就请跟我一起,去叶赛宁大街

1997.1.14 圣地居

（收入《王冠》,天津社会科学院出版社,2005 年 6 月版）

它们的游戏

它们要我参与它们的游戏,朝那不远处
的月桂树,它们要我继续前进
我们不必拔高我们平凡的身体
不用害怕和贫穷的真理狭路相遇
一个乞丐也许不一定要走向盛满黄金的宫殿
也许因此而拥有真正的财富,足够他一生幸福
我所崇尚的大自然的花冠,它要降临
它便自然降临,啊但是不
我快要接近它,听见它
极不均匀的呼吸。它为什么激动,摇荡不定
黑夜里的灯火,它多像我的虚荣的心,在它跟前
我唯有犹豫、沉默、悲观不前
但是去了,少年,回到那时
我想我一定是不顾一切向它奔去
而今我们确信:充满怀疑和追问
并以它们吞噬我们周围的事物
空气、声音和生长梦想的花木
却不曾想要吞噬它们自身

1997.1.29 圣地居

(又作《它为什么激动》,收入《王冠》,天津社会科学院出版社,2005 年 6 月
版)

夜晚不能带走的

那座村镇还没有逍逝,随着遗漏的言辞被重新拾起
它是大理石、碎石和从他乡运来的杉木牢固的建筑
它是一条土堤和野苇随风逶迤的头颅
夜晚不能带走的,辉煌也别想使它消亡得更快
它是我的节日,没有门在我们中间
我所能做的也就是用所有的节日把它纪念
自由使我自由地与它往来
可以带着它走向所有虚掩的道路、客栈,并放心流浪
它将照例送给我清朗的早晨、凉爽的午夜
教我唱献给陌生人的赞美诗
一首赞美诗我要献给鲜嫩的野草:它容易腐烂
容易再生,但永不消逝

1997.2.5 圣地居

（收入《王冠》,天津社会科学院出版社,2005 年 6 月版）

预言

你还没有出现
你还没有朝我微笑
我在夜半惊醒,犹如一个受宠的小孩
在无限之中遇到的巨大缄默
让我守住了这无声的甜蜜
还要一天,或许一生,才能渐渐消除
我的无措或惊惶
预言之中黑暗永无穷尽,种子在奔跑
你那无助而怜悯的心
有一天会闪耀

1997.2.22 圣地居

(又作《有一天会闪耀》或《种子在奔跑》,收入《王冠》,天津社会科学院出
版社,2005 年 6 月版)

捏碎花瓣的人

小小的燕雀在异乡飞抵了它的巢穴
为真诚而背离,目睹流逝而厌倦
是的,爱,我羞愧万分,那么的笨
迟钝,不能创造财富
那么多的缺点和劣质,像一条污水沟
它也许只能流入大海
我如此贪婪、自私,没有行使我唯一的权力
将自己抛弃,并且也没有勇气
从你身旁离去
这个不断捏碎花瓣的人,却又深深迷恋
在无辜的花瓣中燃烧
这个背叛者
他的凋谢比花瓣来得更早

1997.2.26 圣地居

(收入《九地集:东荡子诗选》,广州《面影》诗刊,1997 年 12 月)

火焰在一根弦上舞蹈

水泡在水面上散去
船只在水的尽头,驶入了新的方向
一天的幸福在空气中抱着
草地宁静地呼吸
每一分钟都不熄没的赞歌,对过去和未来
怀有同样的幻想。而现在
正是人类难以超越的自身,它在庭院
回顾和眺望,不谢的拱门下来去的身影
从细圆的瞳孔,生出我们不可企及的丁香
它炽热地开放
把生和死的大门敞开,把我们放在中间
火焰在一根弦上舞蹈
蚂蚁,迷人的东西,从弦上掉下
跌入大地的缝隙

1997.3.5 圣地居

(收入《九地集:东荡子诗选》,广州《面影》诗刊,1997 年 12 月)

从日出时找回了遗失的美

那个村子的忧郁在傍晚发出的叹息
从日出时找回了遗失的美
在平凡的劳作中又像牲畜一样不断繁衍
一生是沉默的,再一生也是那样沉默
陷入泥淖,如陷入花朵
他们在旷野辨认了旷大的智慧
他们所创造的和平,并非用土地换来
那些乡村简单的日子,河水　样透明地流去
犁铧与土地缔结的情谊,深刻而使心灵变绿

1997.3.5 圣地居

（收入《王冠》,天津社会科学院出版社,2005 年 6 月版）

一匹羔羊在阳光下沐浴

它将在一个五月的上午获得他们的承认
一匹羔羊对生命有了忏悔,在阳光下沐浴
对青草、河流,对飘去的云朵
对抚育它的目光,以及望穿它的肉体
和它的心窗的飞翔,有了尽善尽美的忏悔
他们奔驰而停顿下来的马匹
插在他们腰间的鞭绳,一场场突袭的风暴
应有它们自己的忏悔
我在北方的冬天见到大片的羊,在雪里寻觅枯草
它们轻盈、质朴,本是雪花一样的羊群
它们却是铅一样灰褐的羊群
它们的呼气,使雪花渐渐融掉

1997.3.5 圣地居

(收入《九地集:东荡子诗选》,广州《面影》诗刊,1997 年 12 月)

虚无

我多么希望你活下去，但并非希望你
要获得永生，可以不做一个伟大的人
也绝不可以做下任何一点卑劣的事情
困扰我们的水，它不是水
困扰我们的火，它不是火
困扰我们的真理，不是真理
时间其实是静止而又空洞的虚无之物
不能教我们以实在的意义
忘记它，并且藐视我们所需要的
停在树枝上亲吻花粉的蝴蝶
永远忘记了吮吸水土的根须

1997.3.8 圣地居

（又作《在真实之上插上翅膀》，收入《王冠》，天津社会科学院出版社，2005
年6月版）

他们向我伸出手求助

他看到了那美丽的床
他会死在它的上面
而你会死在离他不远的地方,面朝他
他要从你那里夺回
你从他那里偷来的一点点东西

荆棘鸟还在飞
荆棘鸟的翅膀,还要扑打大理石的教堂
敲醒灵魂的钟敲出
最动人的玫瑰

1934 年的玫瑰,吹动罗马教堂的红袍
深渊的烈焰还要深深埋在渊底
命运把爱情赐给另外的青年
爱情却在夕阳里烤熟了两个老年人
他们向我伸出手求助
我也伸出手,然后他们消逝了

1997.3.21 圣地居
（收入《王冠》,天津社会科学院出版社,2005 年 6 月版）

有准备地走向地狱

现在你还没有行动

你就该回到地狱去,或回到你的心上

地狱随时都在你的心上潜伏

我们靠得那么近,它要咬噬我们的

正是我们费尽心血争取到的。在世间

还有什么东西不能舍弃

还有什么东西需要争取

相信我们不是永恒的,相信万物

也将要被我们糟蹋和吞灭

但,慵懒的将要成为魔鬼的兄弟

我们明明看到创造的日子,我们伸手

就可能获得,却总与我们有那么一段距离

不能逾越的石头? 不可想象的末日

我们如何能有准备地走向地狱

我们的每一秒钟都在向它靠近

它那巨大的血口张开露出狰狞

吞吐着蛇的芯子,伪装成激动的火焰

1997.3.26 圣地居

(又作《如何有准备地走向地狱》,收入《王冠》,天津社会科学院出版社,
2005 年 6 月版)

旅人

在我窗前游荡的影子已经安息
露水洗礼早起的旅人
或许他根本就没有睡,从一个深谷
到了另一个深谷,我果然这样认为
他没有梦,厌倦了这个世界
他想走出这个世界,这不可能
我的假设仅仅只是供你们缩小猜测的范围
走在黑暗的深谷如走在光明的深谷
他一定是个出色的盲人,且不知疲倦
他为什么要不知穷尽地走,为什么要
不知穷尽地观望、徘徊,有时也低头
在月亮的背后,不知穷尽地思想
他跟我在广州和赤磊河畔看到的人一样
在那里,我不是起得最早的人
我看到他们没日没夜地走
或稍稍休息,坐在枯叶旁
他们似乎是同一个人

1997.3.26 圣地居

(收入《九地集:东荡子诗选》,广州《面影》诗刊,1997 年 12 月)

他们袒露了同一颗心灵

这个忧郁的诗人忘记了出门的忧郁
他望着突窜而撞倒在脚边的老鼠发出窃笑
一分钟前他在孤独之中的存在也随之撞掉
我们捕捉到他完全意外的快乐
幸亏他不是被一列火车迎面撞上
尽管他更会忘记:死亡的痛和生的追悔
但这不是他所需要的
我猜想他也不是为了那稍闪即逝的窃笑
像歌唱一样。他当然有权在这个世界发出窃笑
在美利坚和法兰西,我也遇到过同样的人
他,惠特曼从亨廷顿的小道开拓城市的思想
他,波特莱尔则从巴黎乘着天鹅飞进地狱
他们袒露同一颗心灵
他们袒露所有人的灵魂对这个世界发出了窃笑
我们的诗人因为一只老鼠撞上而发出了窃笑
他们最初都要被蜗牛挡在躯壳之外
他们因为袒露了所有的灵魂最初而不能进入灵魂
他们快乐,他们悦耳,他们坚不可摧
他们因为袒露了所有的灵魂必将成为他们的灵魂

1997.3.27 圣地居

（收入《九地集:东荡子诗选》,广州《面影》诗刊,1997 年 12 月）

黄金是最轻的物质

时代的价值在变,把我带到天上
随云朵升上去,降下来,左右飘忽
我是浪漫的,但我更是一个现实主义者
黄金是最轻的物质,充满污垢
它只在空中运转,当要沉落
它只能躲到山后,或一头扎进海里
而脚手架野蛮地架在欲望上边,它暴力的交易
使泥泞里追逐的小鹿停下脚步,望那
美丽南国被水泥毁掉的芭蕉林
先是干旱,后来多了雨水,洪水漫淹
飞翔真是天堂之物? 或是水上的泡沫
我是浪漫的,我梦想中的天堂在变

1997.3.20 圣地居

(收入《王冠》,天津社会科学院出版社,2005 年 6 月版)

信徒

我赞美你们而被你们赞美

我情愿你们诅咒我,而受到我的赞美

这有什么不可能? 告诉我:怎样

才会使我麻木,软弱无力,不听从

美的召唤,不屈膝在它的脚下

我情愿放纵,甚至忘却我的所爱

做光荣和鲜花的臣民

做大树和诗歌的信徒

你们会看到我满意地死去? 你们会看到

我像凯旋的战士,或一只战死在野地的工蜂

死去的已经朽烂,不能生还

活着的还要备受煎熬,不会永生

生命本是一场盲目的战争

那么多有毒的和无毒的花草迎着我们开放

阻挡不住的香气,却非要我们拥有

并说出它们的名字

1997.3.31 圣地居

(收入《王冠》,天津社会科学院出版社,2005 年 6 月版)

过去的雪和辽阔

去吧,在这个小县城临郊的洗马桥
每年那只强健的大雁在这里逗留,而又飞去
正如我强烈的爱给了许多的事物
但它们总是离开我
1992 年秋天,或许还早一点
我和洗马桥的孤独,虽不能说是情人的
孤独,随着季节的仁慈而壮实
有如花蕾的初放,它却太早
在我们中间中止了幻想,我想我更为不能
记忆的似乎是强盗砍断我们各自的一条手臂
漫长的洗马桥又一次预见友谊和死亡
在今天,仍然需要有足够的勇气面对
过去的雪和辽阔
死神、恶棍和流氓,不止一次扼住我们的咽喉
没有谁能拯救我们自己的声音
雪野哑巴一样融化,却未看见大地的伤口

1997.4.1 圣地居

(收入《王冠》,天津社会科学院出版社,2005 年 6 月版)

我在这里喊着你

过去的只是时间、无奈，而新的
时间、无奈，又使我充满危机
走上这条路，真是永劫的行动吗
在你们中间和在我自己的孤立中
不曾品尝大刀和北风的原野，那么我该
回到我更加孤立的夜与梅花厮伴
我常常听到我自己的声音，我在这里
喊着你，就像在远处喊着你
难道这原本就是出自生命本能的冲动
有一种非说不可的喜悦或痛苦要宣泄
给你，或另外一个你一样的人
仿佛很早以前我就来过，在这里有过生活
原野上的蔷薇回味着风的秘密与滋润
可它也有过分离、哭泣和爱情的死亡

1997.4.3 圣地居

（收入《王冠》，天津社会科学院出版社 2005 年 6 月版）

我的歌唱不会永无止境

这些愉快

而又不幸的日子

我们在黑暗中窃窃私语的

和在劳作与休息时相敬如宾的爱慕中所渴望的

不就是为了这个吗？尼娜

我常常被皮肤下尖叫的音乐所驱使

来到林中继续聆听那不歇的歌唱

常常在沉浸的长时间醒来:甜美的爱

为什么还有孤独,这不应是

诗人的多愁善感。去它的吧

诗人爱上一个平民的女儿

也同于爱上一个国王的公主

因为诗人用骨头筑成的宫殿里

架满了琴弦,谁被欢迎在哪里随意拨动

都能享受不尽国王所不能赐予的幸福

可是他们会问:骄傲的诗人,为什么

还会有孤独？当然他们想不到

爱情和生命的延续对我有多重要

太阳每天都是新的,月亮也像

被爱情洗过一样。我多么热爱

我的歌唱却不会永无止境

1997.4.9 圣地居

（收入《九地集:东荡子诗选》,广州《面影》诗刊,1997 年 12 月）

隐没于彗星

世上每天发生许多事我都不知道。牧羊人
和那天国的女儿在圆石上交换着蓝天的语言
时光并非悄悄溜走,侧向一边
是吗,我该向他们走过去,有一头羊
白色的头羊走在队伍的后面,有一杆长鞭
从家里赶来,还未落在它的头上
下雪了,最平常的礼物,而我接受
却要灭绝最初或最后的花苞和声音
即使爱情像真理仍在这里逗留,捉住
一棵类似人类的大树,或大树下想躲着我的人
在这虚无而大的脸面,我只能是世上万事万物
的任何一种,仅仅朝前迈一步
或不无忧伤地看了周围一眼,便隐没于彗星

1997.4.10 圣地居

(收入《王冠》,天津社会科学院出版社,2005 年 6 月版)

年纪轻轻时

尽管他打开了眼睛

他的逃跑明显属于愚蠢

他要逃往哪里,他的路径全错了

他从来不诅咒他缺乏才华和超众的能力

却非要装模作样地拿出诗人的派头和痛苦

来唱一些很不和谐的腔调

关于人民的疾苦,他只在很少的篇幅里掠过

而对于祖国的虚假,他完全像蜗牛一样

把头深深地缩在坚壁内

难道这就是我?年纪轻轻时

就识得了宽阔和博大,并将自己的一生

都交予它。不要说了,那些荒唐的把戏

请用羞愧的花朵来嘲讽他

用内疚的眼睛来凝视他吧

用落空的心停在他逃跑的途中

这些着火的凌锐的石头

定会将他撕成一块块着火的碎片

1997.4.10 圣地居

(又作《识得宽阔和博大》,收入《王冠》,天津社会科学院出版社,2005 年 6 月版)

归位于水的法则

我们会死去,峰会在别的秋空高居
别的人会看到它,仰望它
跟我们一样攀登一千次从峰巅掉下
它的光芒那样刺目,把所有的目光收集在峰巅
爱,野玫瑰的毒汁,在峰巅会失去土壤
现在还没有人获得永生,就不要再去求取
不要相信目力和腿力,不要在人群中高谈阔论
峰会息去,会自己掉下,夷为平地,或成为海洋
要欢乐,人们就永远欢乐
像水归位于水的法则,逝去的
不是生命,是草或泥土,是逝者本身
不要相信心和大,它们是没有的,如峰
它们并非真的存在过,还有泪
它们也并非真的存在,它只是在很窄小的地方
流出来,我们看不到它是怎样流出来
那么窄小,生出巨大的悲愁
还有粪土一样的肉体,繁衍虚假,绝伦无比
仅仅只因我们从未对它有过怀疑
就像我们选择结束和死亡
于光明和黑暗没有区别

1997.4.15 圣地居

(收入《九地集:东荡子诗选》,广州《面影》诗刊,1997 年 12 月)

停留在一切美的中心

人是短暂的,那人类的长久或永恒
是什么? 尽管回答各异
也没有统一为一种有效的法则
我们仍然不会放弃对此反复地追问
并遗交给子孙同样的权利

也许人类无视自然指引,而去围绕
一个良性或非良性的怪圈循环
这个永恒的问答,这个容纳生命而不能
使人开启的天地,在这里,生命却没有返回
我们所看到的复制和延续
正是我们希望宽慰而得到证实的逃避

外国的上帝和中国的神仙也在逃避我们
我们不能借助任何外来的力量改造我们的欲望
如果我们善,让他们恶
便会更加恶,这也是我们的罪恶
自然的法则下:生命要幸福、快乐,没有伤害
这伟大的秩序什么时候被肆意破坏、蹂躏
真像生命一去不返

如果人类,人类真的能够学习野地里的植物
守住贞操、道德和为人的品格,即便是守住

一生的孤独,犹如植物
在寂寞地生长、开花,舞蹈于风雨中
当它死去,也不离开它的根本
它的果实却被酿成美酒,得到很好的储存
它的芳香飘到了千里之外,永不散去
停留在一切美的中心

1997.4.16 圣地居

(收入《九地集:东荡子诗选》,广州《面影》诗刊,1997 年 12 月)

正午

十三个人对我说同一个忧伤的词
十三个人低垂下头
十三个人和那个忧伤的词
冲洗大理石和恶魔的牙齿

十三个人看见雨中的正午
勇士的尸体安放进天堂彼岸的黑棺木
是谁把他们献上,摆在它的周围

十三个人
十三枝嫩而白色的玫瑰
其实是十三枝未经风雨的火焰
莫非是我把他们献上,带动了上天的眼泪

1997.5.5 圣地居

（收入《王冠》,天津社会科学院出版社,2005 年 6 月版）

静静地睡

氧气从空气中分离
平静地进入人们的呼吸道
各种生命的绿也会受到它的怜爱和滋润
那时我正在死去,一片宁静
喜和悲也没有
奉献和热爱也没有
世界是什么,好像世界也没有
我应该死在门的外边
不要看见熟人和不熟的人
劳动在大米上消逝,树叶
分离树,静静地睡
在它垂首的下边

1997.5.5 圣地居

（收入《王冠》,天津社会科学院出版社,2005 年 6 月版）

相爱

就是这样相互倾慕的两个人
在一条河里游泳,不厌其烦
各自带着岸,游向对方岸
他们必定在最风暴的河中相遇
而岸消隐,犹如风暴平息,幸福却持久
我俩就是这样在一条河里相爱

1997.5.6 圣地居

(收入《九地集:东荡子诗选》,广州《面影》诗刊,1997 年 12 月)

农历 1984 年 8 月 15 日于河畔赏月

回忆这一天的夜晚并不难
那时那么年轻
二十岁,我们就学会了
古人的习气
学会做梦和忧愁。但是河畔
你可否记得那晚
就走在校外的大堤上
踩着从炼狱通往天堂的弦
两边是茂密的桦树林
微风送来三声狗叫,月亮
躲进了云层。第四声狗叫
和你的吼声一起落下:
月亮,跟我出来
十二年过去,听说
你又有五次恋爱

(原载《羊城晚报》1997 年 5 月 15 日)

我永不知我会是独自一人

如果到三十四岁对我无比重要
时间对我来说真的有了领悟
我应该说：生命快要逝去一半我无知而生存
我盲目地有知而生存得如此热烈
为虚无写下颂词，为真实而斗争
即使痛苦也得用半生来眷恋
它的回报同快乐平分回忆而持续
人祖啊，你的真形因欺骗而活显
你不显露真形，是不是更大的欺骗
请让我暂且在接近山峰的时刻
对自己提出疑问：我攀着绳子向上
不断地感到快要滑向深渊，我把握着的
是什么？不能怀疑的真
它趁此偷走我大量的黄金
这些我赖以活着的闪耀的东西
它们再不能在以往闪耀的地方闪耀
我永不知到达山峰还能继续上升
我永不知那山峰为什么使我前往
我永不知我会疲倦而去，像那巨石滚下
我永不知我会是独自一人

1997.6.24 圣地居

（收入《王冠》，天津社会科学院出版社，2005 年 6 月版）

九月

石头还在上升,进入我的喉咙
你呀,是你在搬运
九月,熟透的颂词
不可救药的家伙

仿佛三个睡眠
三个白天也一样,石头还在上升
没有它,九月便死亡

石头还在上升
仿佛县令的案台,惊堂木
一响,该死的

你的声音柔柔的
石头还不落下,莫非
只有在天堂
才能将我审判

1997.9.29 圣地居

（收入《王冠》,天津社会科学院出版社,2005 年 6 月版）

九月五行

爱在死去。在九月。神秘的奥尔佳斯山
绿的荆棘上。自己点燃的大火
她只说了一个字。她不能往下再说
她只说：我
便立刻关闭了眼睛

1997.9.29 圣地居

（收入《王冠》，天津社会科学院出版社，2005 年 6 月版）

挽歌

多情的眸、夕阳,多情的海水和血

它们要融为一体吗

亲爱的,光芒、倔强的头、泥土做的躯体和黑暗

它们也会融为一体吗

它们原本就是混沌、空气

它们原本就是看不见的吗

如果有人一意要颂扬并坚持充满心灵的芬芳

请他不要太忽视最脆弱的也就是玫瑰

热烈的和平的空气它会持续多久

亲爱的,我的心能持续多久

在黄昏挽留,抑止黑暗的提前到来

那也只是剩下的黄昏,利刃翻滚的黄昏

正如黄昏的太阳和大地

1997.10.1 圣地居

（收入《九地集：东荡子诗选》,广州《面影》诗刊,1997 年 12 月）

他们把自己紧紧抱住

被五谷和美所养育的人
我赞美他，也鄙视他
并在这里把他提到一个更加高的高度
将激发内心深处隐潜已久的大海

（我们无处安身
我们必须以粮食作为我们的安身
哪怕居无定所）

但真实的个体确被自己所养育
最初我们便处在欲的恐惧
我们接受，并永远把它刻进我们的骨骼
成为燃烧的液体
使水与火结合
使一切渺小的得以显现他梦中的巨大
直到吹动一座荒山

所有单个的自由的元素，他们
应当看到自由都因恐惧而在苍白中掩现
强健的身体和思想，都因无穷无尽的追寻
而死在太虚的手掌
所有无奈的都被无奈所设置
所有无奈的只能忘记他们的无奈

所有无奈的都要在荒山醒来,再为自己设置

真实的个体因无奈而被自己养育
他们把自己紧紧抱住,快乐的五谷
生出忧伤,像两个陌路的人
但不要追寻他们的踪迹,美永在战斗
不要追寻美的踪迹
英雄尚未卸甲
尚未到达为他盛开的鲜花和人民

1997.10.23 圣地居

(收入《王冠》,天津社会科学院出版社,2005 年 6 月版)

活的迷宫

谁造了我们谁都会得到诅咒
我们不是为感谢而进入活的迷宫
快乐该消逝而不消逝
痛苦该消逝而不消逝
我们永远看到自己都是如此活着
灵魂也好像从未离开过肉体
它偶尔飞翔,偶尔没有了踪影
但它似乎从来就没有离开过肉体
我们为自己坚守,即便是另一个自己
也不能探取自身最深的秘密
它说:爱。它说:抛弃。这些具体的磐石
和我们无数次沉下
有时也把我们推到高岸
野兽和雪松,同样使我们感到惊惧和宁静
我们是自己的猎手,无数次对自己
欲擒故纵,在那一刻却被它们面对
或许这只是一个背着面包和火的游戏
在远一点的地方,在更远一点的地方
我们面对的并不是道路和自己
我们从来就不知道黑暗
我们从来便没有错过

1997.10.25 圣地居

（收入《王冠》,天津社会科学院出版社,2005 年 6 月版）

致尼娜

我的生活从来没有秘密。在我的生命里
如果只有自信而没有忏悔,那就请去掉
我的生命,啊最重要的,去掉我的快乐
但我确实不知,一颗旅途的星
该要进入它自己的丛林,隐埋它的脸
看看他吧,他不再孤独,他只有怀想
他从他的家乡来,而玫瑰
从你那里来,像我生前就知道得事物
现在却不会比以前知道得更多
曾经在这里闪耀的,令我欢欣的一切
已将我的飞翔熄灭,它的芬芳
却停在我熟悉的每一个角落,和我栖落的高枝
爱啊,你知道他曾在他的家乡消失
如今玫瑰从他的手心消失,他竟不知道
他在接受来自他自己的惩罚
他曾是多么的幸福——快要结束了
而大家都说:他已死在了虚无的路上

1997.11.17 圣地居

（收入《王冠》,天津社会科学院出版社,2005 年 6 月版）

雪

缩在大雪怀里的冬天,从冬天走过
薄如蝉翼的声音,薄如蝉翼的手、玻璃
热量、白色和诗,在这里
其实是不需要声音的,从空中
看到模糊的都在地上结合
在这里似乎只有我在凝成黑色的一团,发出呻吟
我不是黄金
黄金在任何时候都是不需要声音的

1997.11.25 圣地居

（收入《九地集：东荡子诗选》,广州《面影》诗刊,1997 年 12 月）

城堡

腰包和红色的乳罩里面,收藏着

白金戒指和白粉

我要抵抗,可怜的

我会说我要抵抗,但他多么无力、脆弱

在海水中沉下

他却又像一个战士无畏而英勇

在广场和马路堆起大米、沙土与砖头的城堡

他顽强地抵抗、反击,落日一样

倒在城堡下。他的子弹

甚至没有伤到他们的皮肤

反而擦亮他们的眼睛,更加瞄准了

这个废物(他不知道逃跑)

他的子弹甚至连橡胶都不是

他的抵抗,也就是他梦呓的几句诗

1997.11.25 圣地居

(收入《九地集:东荡子诗选》,广州《面影》诗刊,1997 年 12 月)

尘土

把一个物件放到一个地方
它的位置在那里
但它的思想不一定在那里
任何永恒的东西都不会在心灵之外
我们犯过这样的错误
我们说：鸟儿，飞
鸟儿就飞走了
鸟儿真的就飞走了吗
我们把碑埋在墓地——不朽啊
我们所看到的人
无非是一个个墓碑的影子
他们孤独地离去。花束留下了
花束又在那里死去
我们再拿什么献在花的墓前
两千年过去了
五千年过去了
甚至一万年过去
我们仍有许多东西不解
光荣和羞辱
我们应当把它们放在哪里
啊心灵，永恒的尘土
我又一天接近了你
即便你和他们一样

从不把我放在心上

1997.11.25 圣地居

（收入《九地集：东荡子诗选》，广州《面影》诗刊，1997 年 12 月）

凝固

我有过过去,不需要未来
但我又在面对重新开始。这意味着
把自己再投入水泥、水、砾石
和沙子的搅拌机里
是的,会凝固的
而我多么希望是她攫走我的灵魂
是我的灵魂在她那里凝固

1997.11.25 圣地居

（又作《灵魂》,收入《王冠》,天津社会科学院出版社,2005 年 6 月版）

硬币

对于诗歌,这是一个流氓的时代
对于心灵,这是一个流氓的时代
对于诗人,这个时代多么有力
它是一把刀子在空中飞舞、旋转,并不落下
它是一匹野马,跑过沙漠、草原
然后停在坚硬的家。喧哗
又成叹嘘
这个时代使诗人关在蜗牛壳里乱窜
或爬在树上自残
这个时代需要一秒钟的爱把硬币打开

1998.4 世宾寓所
(收入《王冠》,天津社会科学院出版社,2005 年 6 月版)

杜若之歌

我说那洲子。我应该去往那里
那里四面环水
那里已被人们忘记
那里有一株花草芬芳四溢

我说那洲子。我当立即前往
不带船只和金币
那里一尘不染
那里有一株花草在哭泣

我说那洲子。我已闻到甜美的气息
我知道是她在那里把我呼唤
去那里歌唱
或在那里安息

1998.4 世宾寓所
（收入《王冠》,天津社会科学院出版社,2005 年 6 月版）

流传

作为谬误,他正在死亡

骨头在火中被取出

焦炭和古树飘着灵的气味

野兔是你们闻到的最初的气味

它背弃月亮,它的白色

对森林与河流怀有敬意

它在黑暗中的自由

将使你们自己背弃

你们还将在一个时代的终点看见逝去

它是暗淡的,在草丛中游走

预见你们的墓穴

1998 初夏伊甸家中

(收入《王冠》,天津社会科学院出版社,2005 年 6 月版)

庄园

新来的陌生人站在树下
示意我朝一个方向望去,前方不远的高处
有一个背着包袱唱歌的人
他从夕阳那边来,脸上染着的却是朝霞
现在我已听清了他所歌的调子
他的词我还听不懂。那树下的人
似乎已听懂了歌的内容,他露出了
初恋时的喜悦,微低着头
缓步向我靠近,他的心中似乎装着
我所得不到的秘密和黄金。我再抬头看
那唱歌的人已丢下包袱,坐在山坡上
歌声渐渐低了下来

1999.4 南山

(收入《王冠》,天津社会科学院出版社,2005 年 6 月版)

上帝遗下的种子

我没有见过真正的果实
收获的人们总是收割半生半熟的秋

大海还未显露她的颜色
她把深藏的苦水叫快乐
船帆停在对岸的港口

可是秋天啊,她要静静地坐下
上帝遗下的种子
上帝会不会把它带走

2001.10 益阳

(收入《王冠》,天津社会科学院出版社,2005年6月版)

木马

一匹好的木马需要一个好的匠人小心细细地雕呀
一匹好的木马不比奔跑的马在草原把它的雄姿展现
但一匹好的木马曾经是狂奔天空的树木
它的奔跑同时也不断地朝着地心远去
它是真正击痛天空和大地的马
它的蹄音与嘶鸣是神的耳朵
但是神害怕了，神因为抓不住木马的尾巴而彻底暴怒
它在我们面前不得不揭去遮掩他的绿树叶
神的失望在匠人的眼睛里停滞下来
木马击痛天空和大地的过程如树叶已经散落
木马在匠人的手中停顿下来

2002.4.23 广州

（收入《王冠》，天津社会科学院出版社，2005 年 6 月版）

寓言

他们看见黄昏在收拢翅羽
他们也看见自己坠入黑洞
仿佛脚步停在了脸上
他们看见万物在沉没
他们看见呼救的辉煌闪过沉默无言的万物
他们仿佛长久地坐在废墟上

一切都在过去,要在寓言中消亡
但蓝宝石梦幻的街道和市井小巷
还有人在躲闪,他们好像对黑夜充满恐惧
又像是敬畏白昼的来临

2002.5—6 牛塘

(收入《王冠》,天津社会科学院出版社,2005 年 6 月版)

王冠

把金子打成王冠戴在蚂蚁的头上
事情会怎么样。如果那只王冠
用红糖做成,蚂蚁会怎么样

蚂蚁是完美的
蚂蚁有一个大脑袋有过多的智慧
它们一生都这样奔波,穿梭往返
忙碌着它们细小的事业
即便是空手而归也一声不吭,马不停蹄

应该为它们加冕
为具有人类的真诚和勤劳,为蚂蚁加冕
为蚂蚁有忙不完的事业和默默的骄傲
请大地为它们戴上精致的王冠

2002.5—6 牛塘

(收入《王冠》,天津社会科学院出版社,2005 年 6 月版)

黑色

我从未遇见过神秘的事物
我从未遇见奇异的光,照耀我
或在我身上发出。我从未遇见过神
我从未因此而忧伤

可能我是一片真正的黑暗
神也恐惧,从不看我
凝成黑色的一团。在我和光明之间
神在奔跑,模糊一片

2002.5—6 牛塘

(收入《王冠》,天津社会科学院出版社,2005 年 6 月版)

那里是一滴水

他们要去的地方是他们最熟悉的地方
他们来到这里和他们一生下来,至今所经过的
都是他们的停顿和休息之地
他们生来就是出发
他们把树木、村庄和动物与人群的面孔
视作他们辨认的标记。他们不曾在事物上逗留
时间是大象的鼻子,被他们牵着,并听他们使唤
他们称出发为回去
他们称停顿和休息,是让他们
获得更多的树荫和满足在沙漠上的氧气
和干粮,以及回忆和对神的忘却
没有一根树枝和叶片能阻止他们看见更远
从自己的心灵和肉体认识,飞翔是没有停息的
如果神对此发出窃笑,像孤独把尾巴暴露
而他们是一群从草原出发的马,扬起尘埃
又把尘埃甩在后面(尘埃的疼痛是历史的疼痛)
他们要去的地方像他们的心一样熟悉
那里没有光芒四射的殿宇
那里是一滴水,蔑视神灵和光阴

2002.5—6 牛塘

(收入《王冠》,天津社会科学院出版社,2005 年 6 月版)

树叶曾经在高处

密不透风的城堡里闪动的光的碎片
并非为落叶而哀伤
它闪耀,照亮着叶子的归去
一个季节的迟到并未带来钟声的晚点
笨拙而木讷地拉动钟绳的动作
也不能挽留树叶的掉落。你见证了死亡
或你已经看见所有生命归去的踪迹
它是距离或速度的消逝,是钟声
敲钟的拉绳和手的消逝。大地并非沉睡
眼睛已经睁开,它伸长了耳朵
躁动并在喧哗的生命,不要继续让自己迷失
大地将把一切呼唤回来
尘土和光荣都会回到自己的位置
你也将回来,就像树叶曾经在高处
现在回到了地上

2002.5—6 牛塘

(收入《王冠》,天津社会科学院出版社,2005 年 6 月版)

附：

见证了……

埋伏在你胸口的鸟
随风静息落在树叶的上面。森林
是你的森林。密不透风的城堡里闪动的
光的碎片，并非为落叶而哀伤
它闪耀，照亮着叶子的归去
一个季节的迟到并未带来钟声的晚点
你笨拙而木讷的拉动钟绳的动作
也不能挽留树叶的掉落。你见证了死亡
或你已经看见所有生命归去的踪迹
它是距离或速度的消逝，是钟声
敲钟的拉绳和手的消逝。大地并非沉睡
眼睛已经睁开，它伸长了耳朵
躁动并在喧哗的生命，不要继续让自己迷失
大地将把一切呼唤回来
尘土和光荣都会回到自己的位置
你也将回来，就像树叶曾经在高处
现在回到了地上，它已做完了自己的事情

（原载《诗歌月刊》2002 年第 9 期）

看见里面的光

在黑暗中你也能够看到,而在你的怀里

她才能把光明和火焰看得真切

牵牛花在大地上奔跑,玫瑰的燃烧

要无视黑夜的黑,歌唱和舞蹈

风的战栗已使你洞悉了野草的天真和不幸

正是她在幸福之中看见的不幸

正是她在回头时遇见的你的脸

正是她看见你在燃烧的群峰间急速隐去

当翅膀对土地有了怀疑

或是土地对翅膀有了怀疑

她真的甘心爱上,深深地爱上

一个人的才华和他同样显明的缺点

大海的疯狂还要继续推进

它要在岸上抓住它的立足之地,它要寻找

它要回到一滴水的中心

大海的疯狂是一滴水的疯狂,它要把匣子打开

看见里面的光,又看见外面的光

2002.5—6 牛塘

(收入《王冠》,天津社会科学院出版社,2005年6月版)

给这个时代

从未静息的战火,在热带温暖的海洋中
长尾鲨鱼挥舞着镰刀收割海水的谷物
这些动物世界的智者,就像你们紧紧地抱在一起
从三个方向把猎物赶到一个适合消灭的战场
它们比身体还长的尾巴甩打着海水,惊吓着
凤尾鱼、鲭鱼和鱿鱼,并使它们就范在围剿之中
你们从它们的身上看到自己的影子是如何疯狂
大海和新鲜的食物充实着你们的肠胃和满足
战争于你们远远不会停息,哪怕是石头上的水藻
你们也得用尖利的舌齿把它们刮食干净
当海上和天空中漂满白森森的尸骸
你们的嗅觉还会嗅到死亡的气味

2002.5—6 牛塘
(收入《王冠》,天津社会科学院出版社,2005 年6 月版)

卑微

我沉醉在他们的帮助之中,同时我也沉默
面对他们的倔强,来自破土的植物
我沉默,是因为他们的芬芳已使我深深迷醉
是因为他们悯怜我单身一人,没有河流赐予的女儿
我沉醉于他们的智慧把我引到一个更加宽阔的世界
那里有参天的树木和纯洁的鸟群,那里金色的屋宇
闪耀着黑暗的光明,那里王与臣民平等而友好
那里的道路向上,平坦而惊奇,犹如下坡一样轻松
我见到他们的灵魂,仿佛微风中芙蓉从水里出来
他们与大海融为一体,他们唱着同一种嗓音
他们是同一个人,他们在世间生活过
他们仍然抱着尘烟,在不断上升
他们是我看见的所有的人,没有恐惧
走近陷阱像走近自己,照见自己,也把自己唤醒
他们让卑微显现伟大,像草木一样生息,繁荣
当死亡吹出时光的老脸,裹着黑色的披风出现
在他们面前,他们没有惊慌,微笑着迎接了它

2002.5—6 牛塘

(又作《他们让卑微显现伟大》,收入《王冠》,天津社会科学院出版社,2005
年6月版)

它们可能是泡沫

他们希望不至于跨不过这条河流
他们徘徊、转悠,思索着彼岸
如果命运把他们推向生命的绝境
时间让他们在河的此岸耽误一生
他们如果从此弯下腰来,把头低到地上
他们的膝盖将会被蛀虫吃掉,他们
赖以支持挺直腰杆,充满活力的钙
首先将会被吃空,蛀虫还将爬进
他们的体内、他们的大脑以及他们那颗
虚有的心。如果他们已将大海忘记
或者大海已将他们忘记,他们将怎样
归入大海。他们该做一些具有想象力的工作
证明他们真的来过,留下了痕迹,并已获得
没顶的感慨。他们该思索,不至于畏惧和后退
没有桥梁和宏伟的建筑、宫殿和闪耀的灯
甚至没有给予,花园和欲望全部在河流上
如果你需要,它们可能是泡沫
如果你接近,并伸手触摸,它们将消失

2002.5—6 牛塘

（收入《王冠》,天津社会科学院出版社,2005 年 6 月版）

世界上只有一个

什么是新的思想，什么是旧的
当你把这些，带到农民兄弟的餐桌上
他们会怎样说。如果是干旱
它应当是及时的雨水和甘露
如果是水灾，它应当是
一部更加迅速而有力的排水的机器
所有的历史，都游泳在修辞中
所有的人，都是他们自己的人
诗人呵，世界上只有一个

2002.5—6 牛塘
（收入《王冠》，天津社会科学院出版社，2005 年 6 月版）

在大海里放下我们的心

我爱过的人和我恨过的人，他们离开我
现在又回到我身边。我的身边聚集着
更多的我触摸过的事物，和我想要触摸的
以及我还未知的一切，就像我在少年时代
面对一条四月的河流曾有过的自信
也许我还愿继续犯下那可爱的错误
当我再回到岸边致意乘风远航的朋友
向他们述说，我曾有过的经历并给予我的祝福
我将不再需要弄清我的未来
他们对自己所企盼的，与我所企盼的何其一致
在河水里洗净我们的肉体
在大海里放下我们的心

2002.5—6 牛塘

（收入《王冠》，天津社会科学院出版社，2005 年 6 月版）

金子在沙漠中

来吧,永远地苞孕蓝色之光的潮汐
阳光已经没顶,带着你的完整的阴影
击碎它们

由于金子在沙漠之中,锣鼓的兽皮
和美人的笑容又被沙子覆埋,牛角还在吹响
由于陷于沼泽的骆驼已逃出险境

秘密地从草根出发,贯穿叶茎的河流
现在已经获得想获得的一切,统治着自己
并呼吸着自己的芬芳,风低下了头

来吧,由于一个人还不能看清另一个人
由于他自己还不能把自己看清,玫瑰
退到湿润的墙角,繁殖着自己的刺和毒汁

2002.5—6 牛塘

(收入《王冠》,天津社会科学院出版社,2005 年 6 月版)

繁衍

你的声音被繁衍的声音中断

裸露在燥热的白天,或是被海水或海绵滤食

被排泄在没有光线的石洞里,你的声音

再也不能维持它过去的面貌,有动人的光泽

你的声音将会腐烂,或被寄生物占据并吞噬

你的声音本是所有生命发出的声音

也是有机的和无机的事物发出的声音

本是千言万语,是千言万语最后的声音

住在月亮的瞳仁里,是月亮的声音

但它已经被云层遮掩,躲入了阴影

一切真的都不该说出,缪斯的鼾声

已传出他们心头的战栗,吹动抽搐的脸庞

戴着面具的石鳖在你的声音里

张开了它的面纱

2002.5—6 牛塘

（收入《王冠》,天津社会科学院出版社,2005 年 6 月版）

黎明

在黎明

没有风吹进笑脸的房间,诗歌

还徘徊的山巅,因恋爱而相忘的丁香花窥视

正在插进西服口袋的玫瑰

早晨的窗户已经打开,翅膀重又回来

蜜蜂在堆集的石子上凝视庭院的一角

水池里的鱼把最早的空气呼吸

水池那样浅,它们的嘴像深渊

2002.5—6 牛塘

（收入《王冠》,天津社会科学院出版社,2005 年 6 月版）

空中的梦想

那些在田野里起早摸黑的劳动者他们为什么呢
那些工匠在炭火里炼打刀剑和镣铐为什么呢
那些写诗的诗人们要写一个什么样的世界
那些出水芙蓉为什么还要梳妆打扮为什么呢
那些少妇和成年男子在街头为什么要左顾右盼
那些老人们为什么不出门远游
那些小孩建筑自己的高楼,自己没法住进去呀
群峰已经低头,天空已经低头,河流带走了时光
手隔着手,眼睛看不到眼睛为什么呢
蜘蛛没有翅膀,也没有梯子和脚手架
它却造出了空中的梦想

2002.5—6 牛塘

(收入《王冠》,天津社会科学院出版社,2005年6月版)

疼痛

它们把自己潜藏在海底
它们进化出一种有力的武器
然后像糙甲睡龟一动不动地守候
植物将在它们身上生根、成长,甚至结果
它们以此伪装,麻痹猎物的靠近
它们似乎已经懂得如何在海洋生存
在海里取得它们有利的地位,回避
或者战胜鲨鱼,它们只要再一次钻进
海底的淤泥,脱胎换骨成残疾的盲鳗
分泌出滑腻的黏液,并用有力的吸盘
吸住鲨鱼的身体,慢慢移近它的腮帮
慢慢地从它的腮帮钻进它的腹部嚼吞
它的各种内脏,大海因此而发出疼痛
但很快就会平息

2002.5—6 牛塘

(收入《王冠》,天津社会科学院出版社,2005 年 6 月版)

大海在最低的地方

我靠你越近,也许离他们越远

我想靠你越近,离他们也同样近

你是单性的,也是多性的,你生产万物

因你,我有了太多的欲望,我知道我配不上获得

我一丝不挂地来到你面前,无力的肌体

现在已经有力,可以把自己搬动归到你手中

我想他们也在搬动各自的身体

他们在其他各自不同的路上归向你

你的呼吸是通过我的呼吸,通过月桂树

还有他们,我的朋友、陌生人,甚至是我的敌人

通过这些,你撒播了你的威力和雨露

我看到草木郁郁葱葱地生长,各自怀着孕和秘密

河流和高山,以及所有的昆虫和兽类

都怀着孕和秘密,你在万物的心灵施与

我祈祷施与我更多的威力和雨露

我看到星星和你保持默契的距离

太阳与你默契地配合,万物在生产

犹如我和妻子在劳动、在栖歇、在生产

我知道这些都是你所愿望的,风将一切都会抹平

又会重现,河流会将一切带远

又会重来。大海始终在最低的地方

大海会最先获得你的心

2002.5—6 牛塘

（收入《王冠》，天津社会科学院出版社，2005 年 6 月版）

斜坡

被教堂弃落的大理石和十字架上的尘土
出现在小村的窗口,窥视马路上远去的车辙
从一个缓缓的斜坡,滑入草边的水塘
看见你过去青春的躁动
你的被秋风剪去的叶冠,俯落在水面
从此不再回去,不能被带到你栖息的山腰
给你吹出金属的声音
如果有过去,那现在
是否也会在同一个村庄的门口,在回想中
恭迎那个少年的归来,把冬天带到
快要关闭的房间,随着木鱼被轻松敲响
安静的兔子仍然在竹木的笼子里嚼食
嫩的菜叶,且安详地晒着太阳,从不抗议
也不想逃回山野,全身闪耀着白色的轮回
仿佛岁月从树上掉落,一片菜叶鲜嫩地
颤动在它红色的鼻子上

2002.5—6 牛塘

(收入《王冠》,天津社会科学院出版社,2005 年 6 月版)

十二个词

请看看这些词:蝴蝶、船舶、海洋和花瓣
有必要你们把海洋的平面看成是光滑的
花瓣离开了花茎和土壤,躺在海洋的皮面
它不是死亡,它一直在活过来
蝴蝶追随它,停在它的嘴唇上
一个多么漫长的吻,船舶掀起波澜
海洋在恢复它昔日的疯狂
但蝴蝶仍然停在花瓣的嘴唇上

请看看鱼、鳞片、战马和篝火
鱼在岸上。鳞片在水上。战马在思念、在回忆
尘土和烟雾还没有散去
篝火快要熄灭,在战马的尸骨旁

请看看这些红的宝石、丁香、露珠和鸽子
它们进入你们的房间和卧室
鸽子缭绕你们的头顶、屋顶
有时落在你们肩上、你们的手臂和掌心
多好的早晨,不要惊醒熟睡的丁香
透明的露珠躺在它众多的脸上,仿佛红宝石
仿佛繁殖和闪耀,在远方

2002.5—6 牛塘

(收入《王冠》,天津社会科学院出版社,2005 年 6 月版)

时间忘记了它手中的绳子

那一刻来临,时间在我的周围静止
我的心回到了它自己的祖国,它无限宽阔
思绪由此远去,自由而宁静
留连所有的事物,但并不思想它们
那一刻我不会像往常,处在喧闹的人群
去深入他们和他们的事物中探求
我已失去重量,轻松而任意飞翔
在有些事物上,我会停下来
仿佛风从上面拂过,有时又会悄悄返回

那一刻来临,我已经把我的肉体放在了一边
没有痛,没有感受,世界通体透明
我随意进去,又随意出来,像从未来过
我的朋友,我的亲人,陌生人,甚至伤害我
和被我伤害的人,以及动物和植物,所有奔走
繁忙和吵闹,在我前头闪过,从不打扰
我也不觉得肉体的颤动和心跳。那一刻
所有的一切都孤立,相互连接却并不纠错
时间已忘记了它手中的绳子
鱼儿在永远的水中
我在空中

2002.5—6 牛塘
（收入《王冠》,天津社会科学院出版社,2005 年 6 月版）

秩序

房间里是乱的
我把房间的柜子、椅子、书桌和书
都整理得很有秩序。看看还是乱的

我想我自己可能是乱的,我再把床铺
风扇和其他用具都重新调整
然而,整个房间还是乱的

大概我们所需要的一种秩序
就是我们在努力做到的
我们自身大概也就是

我们听到和分辨出的那些声音
最后我们被埋没,抹去了
被压迫后的半片肺叶

喧嚣磨亮了匕首和泪水
从此不再惊动地下的安眠
但这种错误不会发生

2002.5—6 牛塘

（收入《王冠》,天津社会科学院出版社,2005 年 6 月版）

琴音

每一片耳朵都在竖起。小提琴躺在琴箱
飞扬和旋转在幽咽。他们静听
蜗牛啃噬过的残缺的草叶
将成为晴空雷声的序曲
他们都在静听草叶残缺的叹息
蜗牛从草叶上下来,又爬上树的根部
它要顺着树干爬上去,那里有更大的叶子
在光线突然变得暗淡,黑纱
在天空铺展,逃窜的哀叫低下来
他们都在静听蜗牛离去后草叶残缺的述说
每一片耳朵都贴到了一起。在另一棵树下
他们都在静听祭师的剪刀把黑纱剪开
嘘,没有比这更好的琴音,什么都听不到
什么都看不见,当蛇在祭台上伸出脖子和身体
闪亮着死去,蜗牛已爬到了树的肩膀

2002.5—6 牛塘

（收入《王冠》,天津社会科学院出版社,2005 年 6 月版）

嗓子

啄木鸟栖住的河边,他们

对着树的背影,老鼠从人们喊打的街上

也逃到这里,和他们一起

挤在啄木鸟的喉咙里

他们终究要一吐为快

不是一只鸟所要的热情,也不是

河水所能照见的,春天会是这样拥挤

啄木鸟要先吐出他们和老鼠

才能唱出自己的声音

做一只鸟,并不那么容易

它的嗓子如果被冰块卡住

歌曲就会陷入险地

嗓子如果只是为春天准备的

金属的薄片就不只是为嗓子准备的

2002.5—6 牛塘

(收入《王冠》,天津社会科学院出版社,2005 年 6 月版)

他们在黑暗中行进

他们在黑夜中行进
有如蚂蚁的王领着
拖着一支弯曲的长队。但谁见过
蚂蚁在黑夜里行动
谁见过蚂蚁在黑夜中干些什么
它们会扑向大海吗？但是他们来了
火把将黑夜撕开，分出光明
和浓烟，浓烟如另一队蚂蚁
在火焰上逃去。蚂蚁为什么
不像飞蛾，扑向火焰
黑夜不能说话
黑夜不能像白昼一样把栅栏拆去
大雨到来之前，他们还见过
闪电的逃跑

2002.5—6 牛塘

（收入《王冠》，天津社会科学院出版社，2005 年 6 月版）

黑暗中的一群

这些远离光明的家伙
躲在深海的淤泥中
探出一个头,搜寻着水中的食物
它们长着腥腻的鼻子,追逐腐尸与垂死
动物的舞蹈。这些只长着一齿牙的怪兽
用它们的独牙在动物身上钻出一个
它们钻得进的洞,它们要深入尸体
首先吃掉腥腻的肠肚,再去吞食其余的部分
这些乘虚而入的打劫者
沉溺于发出腐臭或呻吟垂死的动物
一直在黑暗中进行它们的勾当,当它们满足
又逃入黑暗中

2002.5—6 牛塘

（收入《王冠》,天津社会科学院出版社,2005 年 6 月版）

这里的冬天有两个季节那么长

她们中的任何一个都是她们的全部
她是小开,或是尼娜,或是杜若
她在几年前嫁给了一个山村的糟老头
她似乎还十分满意他们在一起的生活
黑色云杉树在傍晚诱惑着兽群
出现在他们寂静的等待中。孤僻的山腰
一块小小的平地,只有他们两个人居住
他们占据并习惯了一个又一个难耐的夜晚
他们这个圆木筑的简陋的房子,迎来
又送走了许多从外省来这里找金子的人
金子并没有被挖走,也许他们的耐心
还赶不上金子的耐心,金子在更深处
嘲笑那些愚蠢的狂徒。他们离去了
没有带走金子的希望,金子发着自己的光
在世间游走,也在矿床的梦呓里响着它的鼾声
然而他们在这里居住,在矿石和金子的上面
种植着豆角、辣椒和一些胡萝卜
他们会在金子没有露头的矿床的洞里转来转去
思索一些与金子毫无关系的问题:可能是碎石
土拨鼠和蛇,也可能是一些没有一点力量的小生命
她和她的糟老头在一棵火红的橡树下
用石头围起一片还不算小的菜园,他们必须
做得牢固些,防止野猪和其他的野兽

多情的金花鼠,他们这样说

他们会在冰天雪地的阳光下走近它,并抱起

放在自己暖和的胸口,抚摸它温柔的毛

多情的冰块,他们会这样说

噢,跟我来到火炉边

这里常有浣熊和鹿出没

这里的冬天有两个季节那么长

这就是我,被一只戒指套住的南瓜藤的触须

在山坡上往上爬,又向四周伸展的视线

现在已经停住了,一个跌入冰窟的春天

尾随着九月雏菊斑斓的幻想,停在了

云杉树胶质的浓阴里,窥视着木屋的炊烟和响动

我没有在这里停留过,现在也不是

我想我已经深入到一个旧伤痕的危险

琢磨着我丢失的马靴和水袋、丢入水潭的

马鞍,马的两个后腿被荆棘刺破了

我牵着快要断的缰绳,马的尾巴伤心地摇

2002.5—6 牛塘

(收入《王冠》,天津社会科学院出版社,2005 年6 月版)

打铁

他想在铁里盖一间茅屋

他想从火里娶回一个美人

铁匠铺的师傅快到中年,他双手是黑的

他的手不停地忙活,翻飞

使劲时露出洁白的牙。他的脸是黑的

他拖着一双烧破的鞋子。他的头发,他的脸

他的四肢和衣服,他的全身上下所有的

乱得像他的铁铺,到处堆满了垃圾和废铁

他拉动风箱,仿佛一种瞬间的休息

遐想或沉思

他的双手在忙活。火焰呼呼尖叫,往上蹿

他的眼睛被烧红,在尖叫

铁匠铺的师傅已经麻木,他从胸膛

取出烧红的铁,使劲地打,操着他的铁锤

他要把它打成他想到的模样,他要把它打黑

他要造好他的茅屋

他要娶回他的美人

2002.5—6 牛塘

（收入《王冠》,天津社会科学院出版社,2005 年 6 月版）

在公园

在公园,情况会变得更加现实
或者白鸽的心情变得更加恶劣
它无力承担石碑的重量,掀不开
堆埋的泥土、钢筋和石棺,甚至是
已爬上皮肤的瘙痒。它在继续下沉
无法再飞起。在公园,被他们察觉到的
更应该是公墓下聚合的灵魂,并非厮杀
而离开了它们的帝国。他们被漠然凝视
再也感受不到来自草莽的敌意。难道它们
已触闻到同样的气味而倒在他们面前
什么东西能阻止一场灵魂的起义
在公园,在寂静,在喧嚣
在刀箭的拼搏中,在目空一切的
无望中,但是静下,一口无底的井
在嚎叫,在倒向回到祖国的长眠

2002.5—6 牛塘
（收入《王冠》,天津社会科学院出版社,2005年6月版）

上帝在黑夜的林中

我见过秋天
秋天像河流
我见过棺木,棺木装着我
漂在河流的上面

我在秋天里出生
打开眼睛就看见笑脸,而我哭着
还会要在秋天把眼睛闭上

上帝一直在我左右
它召唤我,好像它也在躲避
从不跟我讨论我错误的一生
也不愿把我的灵魂放在合适的地方

当我最后离去
我只在秋天的怀里待过一个白昼
上帝却在黑夜的林中,我看不见

2002.5—6 牛塘

（收入《王冠》,天津社会科学院出版社,2005 年 6 月版）

杜若

湘水边上的杜若,从果核里出来
带着泥土的气味,在城市的夜里游荡
一张张陌生的面孔,看见她的面孔
还是陌生的,打着无语的招呼

初夏凝重的空气喘息不止,汗水飞出了
她的想象。她有着嫩而修长的手指
开始描绘一个简单的构想,出白
肉体的神圣,雾水包裹了她

两天,或许就是一天,一年
或许就是忧伤和爱。她种植氧气
种子和土壤,一个更加绵长的记忆
在波浪里回过头来

昨天还是一株植物,羞怯地唱着
孤独的舞姿,河水证实着她的无奈
而现在,她熟悉了自己
焕发出体香的女人的身体

2002.5—6 牛塘

(收入《王冠》,天津社会科学院出版社,2005 年 6 月版)

终点在哪里

仍然是她们中的任何一个都是我的全部
小开在西部,她可能已经将我忘记
她在城市高楼里看不到流浪的云朵
她不知道云朵会变成雨水,在她需要
的时候便会落下来,她不知道尼娜
早已去了地球的彼岸,操着英国的语言
跟陌生人在问路:去旧金山怎么走,还有维也纳
里昂、埃菲尔铁塔、波兰怎么走
杜若在干什么? 她是最后一个闯入我的生活
她让我把头抬起。啊是这样,生活多么简单
她让我说,生活多么简单。我说不出
还有那一年,我在漆黑的夜里,开始是漆黑的
我背着她上山,一步一步挪上石头铺的码头
我说小开,这一夜,不会很长
明天我就要坐火车,终点在哪里
而鞭炮和礼花煮沸着城市,洗礼着新一年
的到来。那一年在北方,土豆和牛肉堆在房间里
有一头活羊,我没法下手,把刀子递给了别人
那是鹿的故乡,现在已经看不到鹿
以后也没有了。在那里,我待过大半个冬天
从未看到过那么多的大鸟巢,褐色的帽子
顶在大树上,黑色的乌鸦在天空并不歌唱
雪越下越大,我带着融化的雪回到南方

一条缺腿的木桌如今接纳了我,在它的上面
所有的书都已卷角,发黄的稿纸
瞪着发直的眼睛和我相望了许多年

2002.5—6 牛塘
(收入《王冠》,天津社会科学院出版社,2005 年 6 月版)

行动

你搬着时间的梯子走了很久
你身体健壮,有力,搬着梯子在森林
神秘地转悠,也在河流和无人的夜晚
神秘地转悠、观望
你曾因于传说而落入寻找迷途

你带着铁锹和铲子到处流浪
你强健的胴体迸射青春的活力,它不安
而四处奔走,即使如今已快到中年
但你应知黄金的时光比黄金更为宝贵
要沉住气,热爱周围的事物,像临死的人那样

也许你寻找的并不存在,它只是传说中的光芒
时间的梯子将要在空中折断
铁锹和铲子终会埋在废弃的深井
要沉得住气,仿佛你已经拥有
它确确实实伴着你,像你的心在发光

你应该像老人一样思考,像青年一样行动
平静下来,你要知道你身处何方
你要知道你所做的事情,它可能毫无结果
仿佛露珠在黑夜降临于大地

它会消失,在光明之中

2002.5—6 牛塘

(收入《王冠》,天津社会科学院出版社,2005 年 6 月版)

致夏可君

我们已经看见了村庄。我们三个人
从三个不同的方向翻过一座山，冒着雪
又从另一面结冰的下坡往下爬
我们三个人，我们是两个铁杆兄弟
她还没有出现，但我们早已想象她出现
白色的、黄色的、红色的玫瑰花还没有出现
但我们已经把玫瑰树带走。火红的罂粟花还没有出现
我们却已经带走罂粟籽和它的土壤，它的朝露
歌德的永恒女性快要从水边升起
但丁和他的贝德丽采已从地狱的门口把脚步移开
现在天鹅已经飞起来，它飞向一个王国
这一切我们都同时看到。我们三个人，我们两个
是铁杆兄弟，我们想象地把她保护
使尽了力，还是滑了下去，滚到了山脚
我们触摸着淌血的伤口，她没有被划破
没有破烂，没有像我们一样，变得古怪
如同相互厮斗而倒在地上的野兽。她如同空气
在我们的上面，抚慰着我们，使我们的疼痛顿消
但我们同时看见了村庄。慢慢地
修整我们破损的身体，让我们有一副好形容
把惊喜和痛苦压住，把伸出头的兔子
把它的急于往外跳的脚重新塞进口袋，把兔子
压到口袋里。这是我们的村庄。我们已经看见

一条小路把它引向秘密的森林,大雪封锁着
通往村庄的喉咙,但是小路
显明可见,一条白练,两旁是顶着大雪的灌木
它摇晃着,向深处逶迤,仿佛一条醉酒的蛇
我们三个人同时看见,一匹狐狸拖着红色的尾巴
从灌木丛的一边跃到另一边,跃过了蛇的身体

2002.5—6 牛塘

(又作《三个人》,收入《王冠》,天津社会科学院出版社,2005 年 6 月版)

馈赠

粉红色的嗓音从夜的羽毛里落下
传播着新土埋下种子的声音
种子是鸟衔来,埋在肉体里
呼喊着露水的覆盖

仍有杂乱的声音没有静息
仍有艰难挪动的脚步
仍有搬运粮食和虫子搬家的响动
仍有水波把月光击碎,水泡在幻灭

在香蒲草的房间里有少女在叹息
一面锈钝的铁钟在檐角幽鸣
一个人走向春水荡漾的码头
他忘记黑夜已经来临

夜的手指在伸展,在抚摸
大地在馈赠,透明的尖叫
黑夜的种子
早上的花朵和果实

2002.5—6 牛塘

（收入《王冠》,天津社会科学院出版社,2005 年 6 月版）

小村波洛库

一个紫色光耀的扇形谷地

一个迷宫，距安第斯山的圣罗莎城两公里

他们称这里的农民为造物主的造物

又称他们为肥美的土地上的一粒土

业已消失的马鹿

只听命于日子和收成的自然季节

他们大伤脑筋，面对从大地逃出的无数的小嘴

爬上葡萄藤嚼食葡萄的叶子

以及坐着小汽车来自城里的先生们

对他们发表完全听不懂的讲演

他们才把没法越过阻碍通行的石头，埋在大脑里

亚洲人修道院的辉煌，埋没了亚洲人胡安

圣女特雷莎现在取代了他

他们甚至大骂法国人昆虫法布尔

为什么老是寻找毫无优美可言的大蚂蚁和蛇

他们全然不知一个流亡者逃亡到智利

抡起鹰喙的镐头，在安第斯山下

在矿场和他们父亲的椅子里挖掘着

干硬的麸皮面包和泉水

一头美洲的公牛，大力神萨米恩托

美洲的安第斯山萨米恩托

在摇摇欲坠的土坯造的草屋里栽种着象牙

他们全然不知，就像地理教科书

不知小村波洛库,大地逃出的小嘴
不知圣女特雷莎,有绝妙的手段

2002.5—6 牛塘

（收入《王冠》,天津社会科学院出版社,2005 年 6 月版）

看上去多么愉快

在电影和书本里看到的战争
已成为我的历史仿佛我亲自参加
我的战友,有的死于冲锋时的战火
有的被乱枪杀死,有的凯旋归来
死于美酒和鲜花,有人遭忌妒而被装进
伙伴的笼子。但是他们为什么
战斗,为什么冲锋,如果他们明白这些
如果他们死后才知道是如何糊涂地死去
而电影和书本还在继续,我想我仍然
会沉浸在战斗与硝烟之中
在刀剑和子弹的网里,如果我侥幸而获得荣光
是否能从伙伴的笼子里无声无息地逃出
站在另一个山头,宣布停止所有的战争
看上去多么愉快,整个世界一点火药味都没有
像一个和平的村庄,他们做他们该做的事情
什么事情是他们不该做的,在这个时代
只有你还说得出来

2002.5—6 牛塘

(收入《王冠》,天津社会科学院出版社,2005 年 6 月版)

真理和蚂蚁

不可言说的真理，说出它
意味着说出了谎言。真理犹如石头
赤裸而沉默，对抗一切外来的力量
如果将它粉碎，它便力量倍增
在此之前，我还未投入神的怀抱
我对蚂蚁的劳动怀有特别的感激
它也不可言说，精确而有力，从不仰视
高大的事物。如果愿意，它随时都可以
在它们的头顶开垦一片自由的天地
如果它爱，它在那里建造爱的宫殿
我曾"请大地为它们戴上精致的王冠"
我也曾因忌妒而泄露人类的叹息
不可言说的远不止真理和蚂蚁
什么东西把我们拉住，无法挣脱
丢弃我们，也许我们才能把自己丢弃

2002.5—6 牛塘

（收入《王冠》,天津社会科学院出版社,2005 年 6 月版）

少年的路上

他有过少年的幻想,在家和学校的路上
他想象众多的脸孔在他的脸上出现
闪耀慈祥、庄严和伟大的气魄
他想象着,低头踢起脚下的石子
他想象着石子飞起的速度正是他成长的速度
他好像已经成为他们,正在干着大人的事业
在通往课堂的路上,一堂课很快就会过去
一堂课也会像永不落下的石子,飞向未知的世界
他想象着仿佛那枚石子在漫无边际地飞
少年的小路铺满蓝色汉字的偏旁,组合着
遥远的山峰、勇敢,以及耸立如山的坚毅形象
甚至是一个死者的光荣,在硝烟弥漫的战场上

2002.5—6 牛塘

(收入《王冠》,天津社会科学院出版社,2005 年 6 月版)

月亮第一次照耀

甲壳虫呼吸在神秘与发现之中的草地
啄木鸟也表现出极大的欢欣从树洞口探出头来
时代的变迁则悄悄行进在光阴的旅途
大地与河流伸展着无穷无尽的奥秘而饱含激动
他们在深入,在园子里的果树上红了脸

老人的手把你安置在恬静的庄稼地
秋风越过雨水和城市传递劳作与丰收的号子
谁都在指望秋天的降临,如今它降临在你的身上
野兔已经来到鸡群之中,在舔食滴着露水的青草
不朽的轮子在深入,幸福顺着牵牛花爬上了篱笆

当星星的耳语对你说出喜悦,禾苗对你吐露
它内部的热情,石榴花蜷缩的热情在舒展
恋人们从草尖上醒来,他们带回爱的果实
仿佛月亮第一次照耀,你已获得整个田园
早晨的果树呼吸在神秘与发现之中

2002.5—6 牛塘
（收入《王冠》,天津社会科学院出版社,2005 年 6 月版）

少年海普

你还没有来跟我一起对付这个世界
三月的雷声高了,九月的天空高了
少年海普,你还不来跟我对付这个世界

失落的穗子从田野已经来到城市
它找不到仓库或土壤,他快要把头低下
它想到风,田野上吹过的风多么温暖
田野上的丰收叫快乐,也叫仇恨

少年海普,你不来跟我对付这个世界
这个世界有些乱,它五颜六色,它需要我们
一起来对付五颜六色的声音

北方的风暴已经吹到了南方的田野
冬天的手伸进河流抽出闪光的刀子,出现在路上
它要挡住梦的去路,要将翅膀割断
它要让我看见我并不想看见的黄昏

你还不跟我一起对付这个黄昏,少年海普
我看见黄昏后面躲着一张张鹰的脸、鹰的利爪
和嘴,扑向废墟上的太阳

2002.5—6 牛塘

（收入《王冠》,天津社会科学院出版社,2005 年 6 月版）

裸婴的世界

我们要做的事情和他们要做的事情
好像同一个事情,他们的神情
看上去,和我们的也没有显示出异样
这么简单地认识他们而没有任何区别
将是我们的错。海上的暗礁
当海水退下,它暴露恐怖和罪恶
孩童的胸怀和纯真,我们必须坚持
鲨鱼的凶猛啮咬一颗稚爱的心,不仅仅
是阻止和医治,或者干脆把它们置于死地
这同样也没有那么简单。但问题在于
我们创造了一个自己的世界
它因为宽阔而不能受到一粒尘埃的干扰和破坏
它像裸婴神圣的肉体和眼神
因为我们永恒地记住了尚存我们内心的
裸婴的哭和笑,并非他们一样
露出尖利的牙齿

2002.5—6 牛塘

(收入《王冠》,天津社会科学院出版社,2005 年 6 月版)

还没有安息

你还在树上,在草叶
在小溪流,在鱼的口里,或者还在青苔里
你还要走遥远的路
你还没有安息,归入你的臂弯
你不能修改树上的叶子
任何树上的叶子,都完备而精致
你可以把气体从空气中分类出来
但你不能把叶子从树上分离

2002.5—6 牛塘

(收入《王冠》,天津社会科学院出版社,2005 年 6 月版)

怀孕的事物

你们不用关心处在恋爱状态的事物
它们以自己的方式,完成它们自己
它们有它们的光和热
它们不需要别的光和热
它们有自己的峡谷和小巷,它们完全有能力
揭穿来自它们内部的谎言与阴谋,然后会回到
它们的栖息之地,在那里会有它们更深的思考
怎么防御和抵挡来自你们或其他方面的侵入
它们在自己的土地和秋天丰盈着它们的幻想
你们不用关心正在怀孕的事物
不要去打扰它们,你们的脚步要轻
要用手掌或衣服阻止声音的传播
它们正在怀孕,张开无数聆听的耳朵

2002.5—6 牛塘

(收入《王冠》,天津社会科学院出版社,2005 年 6 月版)

一切都在结晶

很多东西都已不见
你从不惊讶这些东西的到来
在田野里你想着自己努力地弯曲
在渠水里你看见月亮,正灌溉田野
它是丰收的脸,仿佛你在黑夜里
摸到的你妻子的脸,你为她
老去而爱护着
过去的幼稚和忧伤。但是现在
你比过去更加热烈,暗暗地疯狂
犹如庄稼在夜的岸边茁壮地显身
青春远在你的内心吹拂
在你的秋天,一切都在结晶
葡萄叶发红,和成熟的葡萄一样

2002.5—6 牛塘
(收入《王冠》,天津社会科学院出版社,2005 年 6 月版)

死亡的犄角

一个人的欲望有多大,他自己看不见
一个人的心上居住着看不见的魔
有时候它是一只慈爱的手,抚爱你的翅翼
但它变成一个凶相毕露的老头会在暗处呻吟

谁都要拖住死亡进攻的犄角
童年的阳光就像童年
童年的阴影是太阳照不到的地方,它潮湿
它藏在贴身的口袋里发出霉腐气息,它随着童年
逐渐成长,长大后可能是一片没顶的海

童年的阳光要晒到童年的每一个角落
童年的手指要揭开每一片屋顶的瓦,每一片树叶
童年是大地赐予的金钥匙,它打开天堂的门户
它照得见地狱,但它从不畏惧地狱

一个人的欲望究竟有多大,上帝打破的杯子
它的缺口有多大,什么时候上帝把脸庞露出
什么时候上帝便难逃死亡的犄角

2002.5—6 牛塘

(收入《王冠》,天津社会科学院出版社,2005 年 6 月版)

灵魂和土地（诗剧）

1. 王在寻找愚

他们藏在自己的地里，在我走后
一节一节地发芽、抽叶，很快把我淹没
他们从没见过我这样的怪物
虽然他们有那么多的村子和记忆
一旦他们寻遍，我的胡子已长成地上的植物
柳条一样飘动，他们同样感到我的目光
也是他们没有见过的那一种渴望，风一样
轻柔，有如细小生命的蠕动，而又超越
一切的渴望，但看不出他们的惊讶
他们把我挡在村口，整个上午被塞进
寒冬的洞窟。有关愚他们给我指出
八个方向，但他们仍然把我挡住，像一片庄稼
这座村子里所有的人，像一片庄稼富有生气和力量
但他们的快乐似乎消失，使得我在跌进深的窟窿
纠缠，摸索，甚至被莫名地拷问，触须被切割
我被引领，被抓住，并且顺从
秋啊，让他一个人走下去，大地被吹开
树已变成骨架，回应着梦呓、脚步
和金子的滚动

2. 愚在受难

我活着而消逝
我多想你们看见我是怎样死的
这些岩石、草木和昆虫都在嘲笑,它们的脸孔
是恶毒的,冰凉、阴险整天都在统治我
它们还用风来吹打我。我见过的异乡人也一样
一个手势,一个眼神跟他们交谈,他们害怕
他们像遭遇瘟疫远远地逃避,装聋作哑
我采撷来花草伴我入眠,消除旅途的疲乏
你们怎么会知道我确是十分迷恋
这芬芳扑鼻的花草,我将它们吞下
做一些芬芳的梦,我的身体却在一寸一寸地烂掉
在我还有一口气,我的思念还会越过许多的障碍
抵达你们的身边,走近你们的床前
亲人啊这是如何的惊险,我竟一点也不能察觉
我的痛,我也一点都不能察觉,我愿意这是回去
一点也没有察觉就回到你们的身边,像在梦中
完成这一切。但我的身体在一寸一寸地烂掉
恶臭快要飘到家里了,还有花草的香气也快要
飘到家里了。这种奇怪的花草你们不要采撷
也不要闻它们的香气,我累了
在两种奇怪的气味里趴下

3. 开的灵魂对愚说话

你已经受到磨难
你已经吞下了我为你而生的花草
我生下你,你也是有毒的。我一直希望着
有一天你会除去你心上的毒素
你眼中的毒素你也要除去
你必离去王的土地,你必受尽磨难

4. 王在述说

在你身后的河流、树木和虫子
以及所有的飞鸟,我都能叫出它们的名字
记住它们的各种姿势,我并不叫它们
如今阳光还是照在河流上,和各种动物与植物的身上
一切都在发白,跟阳光一起朽烂
春天的阳光也是朽烂的见证,潮湿和霉腐的气息
弥漫整个天空。他似乎是来自另一个天空的生命
是他自己生下,不叫我父亲,也不打听他的母亲
他用没有光的眼睛跟我说话,像一块我打不开的
石头。他会莫名其妙地笑,站在树林边
看他们一样大小的孩子在野地里追赶和嬉闹
有时他会在孩子们忙得开心时离去,跑到山上
或屋里,手里抓着尖锐的石头,他也这样入睡
有时是坐在台阶上睡去,仍是那张奇怪而熟悉的脸
我的伤口在这时候会活过来,那些被杀掉的
鬼魂也会在这时活过来——

  头啊,这魔鬼杀光了我们的兄弟
  抢占了我们的山林、村寨和河流
  他霸占了开和她腹中你的儿子
  你的尸骨也是他亲手粉碎的
  他已获得荣光,他子孙满堂
  他的国土无限辽阔,飞鸟所到之处都是他的
  他的臣民如草木,繁荣而驯服
  掠夺和杀戮竟能获得如此美满的奖赏
  头啊,该惩罚他的时候到了

但是,开,我并不想做国王
这些土地和牲畜,它们都是自由的
河流、河里的鱼、飞鸟、任何动物和植物
男人和女人、果实和花朵都是自由的。我不想统治
我甚至不想统治自己,我也应该是自由的
一切我都没法想到

一切都因为热爱而适得其反

仇恨和罪过在伸长,树根在伸长,在环绕我们的世界

酒精和草藤,还在石洞里,它们过去绑着我

奄奄一息,它们现在绑着我的灵魂

国王是什么样子,庄严雄伟的殿堂

只有神才能居住。神是一个什么样子,我不想

开啊,我很快就会来到你身边

和你一起安息

5. 开的灵魂对王说话

我已听见你的声音,我时刻都在你的身边

我让草木繁荣高大围绕着你,我让飞鸟

给你鸣唱,带来好的天气,我让动物

和植物的果实充当你的美的食物

我让河流永不干涸,我让生长仇恨的人

永远离开你的土地,他必受尽磨难,把仇恨消灭

我让你还是我的王,我让自己成为

当我们一起安息时的王冠

6. 愚在昏睡中醒来

雷声和闪电把我惊醒,雨水快要把村庄淹没

我躺在雨水中,我似乎已回到家中

一次多么漫长的旅行,我听见母亲对我说话

我在冥冥之中听得那么真切,母亲的手温暖着

我腐烂的身体,它们立即恢复了原形

多么漫长,一场战斗把我带进遥远的地府

一条淌血的河从我眼底流过,一些不能闭眼的

头颅,像铺满大地的卵石,带着

狰狞的面孔。那些曾经狂野的身体

充满渴望,已与爱情远去,但是仇恨

和掠夺,这一扇小的窗口为什么像河流一样膨胀

为什么要流进他子孙的血脉,为什么生来就知道
王啊,我曾经属于另一个王,他被你杀死,我现在属于你
但是母亲,你为什么把我带到有王的土地

7. 王放弃一切

我知道你的灵魂一直在跟随我
我已经走遍七个方向,这也是你安排的
这些村庄,我已经远离它们,所有的人
我远离了他们。我自己的土地,我的臣民
我也远离了,我想我已经放弃了一切
那些鬼魂还在纠缠我,也跟在我左右
河流越来越宽,土地越来越广
这不应是一个人的欲望,生命因自由而无边
自由因爱而博大。至于愚,我给予他的太少
现在我已经把一切都忘记,只剩下第八个方向
我愿以我的余生来补偿

8. 开的灵魂对他们两个同时说话

王啊,你还是我的王
愚啊,你也是我的王
让我的灵魂环绕在你们的头顶
让你们彼此看见,彼此相望

2002.5—6 牛塘

（原载《诗林》2007 年第 2 期）

敲响吧，……钟声

敲响吧，马德里教堂的钟

路边的罂粟的火，请吻他的嘴

你的永不停止摇曳的树叶，还有《圣经》的

被翻动的密集的金子，也请面朝他

他的阳台有数不清的窗子和无色的玻璃

获得荣光的刀剑和马匹要在这里静息它们的声音

非洲的百合花在火车上已开始了遥远的梦

英雄回到了他内心的祖国。谁都曾有过

仍然保持着这分秘密的光荣。大海啊

请敲打他的背，它也是你的背

穆萨王、罗马的王、北方的王，整个上午都在会见

各地的王和客人，特别是孩子和诗人

他们做得尤其尽善尽美，他们把象征爱的玫瑰

送给他们，把火焰佩戴在他们胸前

过路人，夜行或迷入林中的人，也请敲打他的背

它也是你们的背。你们有一个好的归宿，树叶落下金子

如果你们因思念还不能安睡，让夜莺

为你轻轻歌唱。南方的雪。落在地上要立即化掉

黑喜鹊才能从树上飞下来，找到地上的食物

（原载《诗歌月刊》2002 年第 9 期）

愿秋天使他们获得丰盈

黄昏到来时，孩子们的游戏
已归于静穆。他们神秘的小手沾满了
快乐的沙子，沙子已归于静穆
水牛卧在一堆稻草边安详地反刍
鸡在土砖砌的笼子里悄无声息
白天的歌没有消失，它已归于心灵，在梦中
重新唱起。月亮和星星已归于劳动者的屋顶
篱笆和他们的家具，夜晚已经深入
夜晚已归于田园和烟囱的静穆
一代人的梦想开始爬出窗户、屋檐，爬上
更高的树木，随着狗的叫声伸向更远
他们在梦中完成了明天的构想，他们已经上路
明天是一个好天气，愿所有的季节
风调雨顺，他们醒来犹如归来，有新的力气
与活力。老人像儿童一样迷人和快乐
他们的喧闹是春天的喧闹
愿秋天使他们获得丰盈

（原载《诗歌月刊》2002 年第 9 期）

一个村庄

月亮躲进榆树的枝叶丛，上帝在人群中
隐去。你会说出那村庄，关于一个模糊
而遥远的梦境。你的手会伸出并俯在它的面上
出现在他们面前的将是一个海滩的休息
或已沉下海底而不再航行的船只的休息
他们见过的，老头也在那船上深深沉睡
但如此的消失显得多么久远，一切都在飘忽
飘向一个昔日的帝国，一个归入静默的城堡
你的手轻轻挪动，从梦境上移开。它们开始复活
慢慢回来，仿佛月亮从枝叶丛
抬起头，记忆已回到他们中间
他们就要顺着梦的船沿滑下去，也许他们不必
沉入太深，他们已经完全得到一个村庄
它的过去和现在

（原载《诗歌月刊》2002 年第 9 期）

一切离去的是乌鸦

没有人跟我指出乌鸦的力量
乌鸦出世时我还是一粒泥沙
乌鸦飞翔时我还没有长大
乌鸦有两张嘴巴
燃烧着少女的两朵乳房

它的眼睛睁得越来越亮
它已鼓大了腮帮
我只是偶尔在河边看见
没有人告诉我天空为什么痛
天空已患下不治的疾病

一切离去的是乌鸦
从火中取回的是诗篇
河流和少女
拥有乌鸦的两张嘴巴

（原载《诗歌月刊》2002 年第 9 期）

灰烬是幸福的

光阴在这里停顿,希望是静止的
和昔日的阳光停在窗台
假使你们感到愉悦而不能说出
就应该停下,感到十分地累
也应该停下来
我们的每一天都是我们的最后一天
灰烬是幸福的,如那宽阔而深远的乡村
野草的睡眠因恬谧而无比满足
即使那顶尖的梦泄露
我们的欢快与战栗,使我们跌入
不朽的黑暗,犹如大海的尽头
人们永远追赶却始终还未君临
人们跟前的灯火
我们将在黑暗中归于它

2002 改于牛塘

(收入《王冠》,天津社会科学院出版社,2005 年 6 月版)

附：

大海尽头的灯火

光阴在这里停顿，希望是静止的
和昔日的阳光停在窗台
我曾在窗前为许多各样的花草命名
或为它们更换原来的名
而在这里得到的满足
如同和平毁坏了战场
野马有了片刻的安息

假使你们感到愉悦而不能说出
就应该立即停下
感到十分地累
也应该停下来
我们的每一天都是我们的最后一天
灰烬是幸福的，如同那宽阔而深远的乡村
野草的睡眠因恬谧而无比满足
即使那顶尖的梦
一再泄露我们的欢快与战栗
太阳成为我们终生的仇敌
但它们是幸福的
它们在每一个清晨留下新鲜的足迹

你们想在这里对我说：苦难
是不朽的黑暗
你们不是已经在那里游泳吗

跳入坠落的河,犹如爱情烧焦花朵

这一切,多像大海的尽头

人们永远追赶却始终还未君临

人们跟前的灯火

1997.11.4 圣地居

(收入《九地集:东荡子诗选》,广州《面影》诗刊,1997 年 12 月)

信任

你们在日夜赶赴的地方,违背你们思念的根本
使你们莫名其妙地感动,它究竟是一个怎样的家园
是墓穴,还是乐园

你们在那里得到的养育:离开它,然后回来
光宗耀祖,这似乎符合大多数理想而又幼稚的青年
与他们那时的情感、思想,相去不远

他们会说:他对他的祖国充满了信任
或干脆没有办法去信任,便选择了交友、出游
读书和沉迷技艺

他们会在异乡的山水里逗留,在交友中倾斜
他们也会不知不觉虚掷年华,燃烧在酒精中
当寒冷的月光来自亲人的油灯下

当远方的田园吹来青色的风和记忆,他们会说
"风呵,吐出你的一堆堆叶子吧
我是无赖汉,像你一样",何其相似的一幕

即使远在俄罗斯,戴黑色礼帽的青年也会来到
你们中间,也会和你们一样投身归途
追星赶月地前进,又莫名其妙地从那里离开

这个使你们日夜梦见,又莫名其妙地逃离的家园
黄金的秋风,正用它的刷子
刷去它们各自耀眼的颜色

2002.6 改于牛塘
(收入《王冠》,天津社会科学院出版社,2005 年 6 月版)

附：

信任

虽然卷入回家的风暴与我的意志抵触
违背我思念的根本
可我一旦投身归途便追星赶月地前进
直到我又莫名其妙地从那里离开

我在那里得到的养育：离开它，然后，回来
光宗耀祖，这似乎符合大多数理想而又幼稚的青年
他们那里的情感、思想，相去不远

他们会说他对他的祖国充满了信任
或干脆没有办法去信任，便选择了出游
读书和沉迷技艺

如果不是该死的诗歌，在我的身上
打下无数个木桩，像敌人在刑场
在英雄的十指上钉下十个竹签
我怎么会泄露，埋在血管和骨子里的火焰
而回家也仅仅是枯燥无聊的回报吗

我们在日夜赶赴的地方，这个使我们
莫名其妙地感动的地方，现在我要说说
它究竟是一个怎样的家园，是墓穴
还是乐园，为什么要离去它，又奔赴它

我的一个为和平而战的朋友曾经问我
选择家和荣誉,你要什么
我想回答他,我要家,你也应该要
家,可我还没有说出
他却光荣地死在了异乡

1997.4.9 圣地居

（收入《九地集:东荡子诗选》,广州《面影》诗刊,1997 年 12 月）

致米开朗基罗

石头已经回到人群
在生命的宗教，一个更厚的王国
是瞎子打开眼睛的更大的夜
瞎子看见拐杖下的灵魂在颤动，在沉默
一种比石头更为坚韧的无声的歌唱
拿起武器，长矛或大刀，即使是一根
细小的头发，一根指头，一块流泪的铜片
你的走不动的时光；即使它已经破碎
在密封的瓶子里。战斗吧，狮子已经抬头
从深山移步到沙场，它听见了奔跑的力
来自城市的中心，佛罗伦萨，它听见了巴黎
伦敦、华盛顿、北京和来自世界一切中心的
为最后的审判而集合的号角。狮子已经抬头
肉体照见白昼的秘密，每一个毛孔都在扩张
在喊，都在吐出新鲜的空气

（原载《诗歌月刊》2003 年第 7 期）

写给九月五日

我去过嘉陵江边那个美丽的村庄,离峨眉山不远
还有一天的距离,茉莉花悄悄低语
大雨的洗礼和穿过波浪的芬芳
秋天在峡谷中有了声音,回响是漫长的

我去过花草还没有醒来的果林,在那里驻足
一个小伙伴已长成大人,她躲在我的背后
我猜她躲着和一颗果核有什么两样
泥土在裂开中有了声音,她说树叶,她说飞

她带我去过呼吸急促的雪地,她是洁白的
她在吐露一个来自冬天的消息,环抱在绿色中
她正在采摘一个孕妇眼中的火焰
和那些野菜装在篮子里,听不到旁边的声音

我想我去过她的所有地方,她有小兔的红眼睛
她在那里奔跑,散步,晒着多年前的太阳
即使她不再出现,我也消失,我想我也能听到
木鱼的心跳,它曾经属于庙宇,筑在峨眉山上

2005.9.4 上林墟

(收入《不落下一粒尘埃:东荡子近期作品》,《诗歌与人》专刊,2009 年 4 月)

宣读你内心那最后一页

（2007—2013）

虚无的东西

一棵结满果子的树，到了秋天
果子已经熟透，它们却是酸的
它们是酸的，它们却在烂掉

我的心中再也没有牵挂
我的船已经穿底，它只能继续前进
我的车坏了车轮，它还要继续向前
我的电话停了，它仍然在和世界通话
我的心消失，所以它只向着
一切虚无的东西

一棵结满果子的树到了秋天
它快要载不动，它快要连根扭断
一棵结满果子的树
即使结满烂果子
即使它会因此而连根扭断
它也要结果

2007.3 九雨楼

（收入《不落下一粒尘埃：东荡子近期作品》，《诗歌与人》专刊，2009 年 4 月）

为什么我还活着
——向人的尊严和灵魂致敬

一艘船从夜里开到了海上，又从海上开到了河里
开到小水沟，来到我们的餐厅，我们的卧室，我们的工地
它跟着我们又到了幽会的树林，开到了空气里
这艘船无所不去无所不在，它像黑夜把我们抱在怀里
我们走到哪里都在船里，我们的目光和思想到处碰壁
我们飞，还是在船舱里飞，我们飞不出这艘船
我们犹如青蛙被一条蛇死死箍住直到让它吞灭
有人商量要击沉这艘船，要赶快采取行动
不能击沉也不要突围，就让我们的尸体烂穿船底

有人突然发现自己也驾着这艘船，向船开炮就是向自己开炮
每一个自己就是我，要击沉这艘船，就必须要向我开炮
人们开始蠢蠢欲动，交头接耳，奔走穿梭，乌云已经压船
声音已经高涨，由混乱慢慢变得清晰，最后只有一种声音
穿过乌云传递给每一个我，每一个我都在高喊这唯一的声音
船是我造的船
船是我维护的船
船是装载我的船
船啊船，我总是坐着黑暗的船

声音还在继续还在高涨，由清晰变得洪亮，变得无坚不摧
船啊船，不管是谁的船，没有一成不变的船
只有顽抗到底的我，死不下船的我

再白的船,如果我是黑暗的
它也会陷进淤泥,将在那里腐烂我
再黑的船,如果我是消除黑暗的
它也会航向清泉,将在那里滋润我

声音高涨已如猛力的炮弹穿膛而过,射出这唯一的声音
向船开炮首先向我开炮,不把我粉碎船就会死灰复燃
不把我消失船就不可能真正消失,我在故船在
现在我要求向我开炮,要求第一个将我解放
一个不能粉碎自己的人,甚至不能粉碎一块朽坏的木片
一个不能解放自己的人,也不可能驾出一条理想的船

在这艘船上只有我的声音最为强劲,它是每一个我的声音
最后却变得无力,跑到自己的耳朵里,跑到了沉睡的枕头边
没有谁比我更需要自由。这是我的声音
没有谁比我更需要砸碎枷锁和镣铐。这是我的声音
没有谁像我更需要把狗洞变成开阔的广场。这是我的声音
没有谁像我更需要把畜生的光荣变回真正的笑脸。我的声音
这就是我的声音。可是,现在我还活着

我要乘着我的船欢欣地会见朋友、亲人
会见上司、下级,以及每一个急待救助的人
陌生人、妇女、儿童、男男女女,一切热爱自己的人
我要愉快地上班、下班,做梦或自言自语
从醒着到梦境,从晴朗到雨天,从祖国到外国,
从我活着的人间,到我死后的地府,
我只带着一支红玫瑰
我要愉快地会见我,会见那看不见的
我要愉快地会见我的尊严,我要说:爱
我要爱。可是,我还活着

现在,我还活着,依靠黑暗,依靠黑
我有黑的皮肤,黑的眼睛,黑的动作,黑的呼吸

我有黑的买卖,出售各种黑的纸片、蔬菜和肉食
出售各种黑的符号,闪着黑的光佩戴在身体的各个毛孔
我已把整艘船都黑成了监狱,黑成了一个高音喇叭
我喊出的声音也是黑的。和我在一起的都是黑的
从我面前闪过的都是黑的。我更有黑的心灵
我快要黑掉所有的眼睛和心灵。我还活着,还在黑下去
不黑,造不出这艘船,不黑坐不到这艘船上
不黑就会被轻易打倒,被窒息,被分尸,被喂狗
黑吧,不黑不是乌鸦
不黑飞不到天堂,上帝不接见不黑的灵魂

船啊船
我是你怀中唯一黑到底的人,我居然发现我还活着
为什么我还活着
因为你们——还不向我开炮

2007.3.22 九雨楼
(原载《散文诗》2007 年第 17 期)

一十五只吊桶

一只吊桶上去
一只吊桶下来
一十五只吊桶在井里
七上八下

我的井里还有一十五个人
他们是爱我的,和吊桶一样,
他们有着相同的面孔,朝我挤眉弄眼
并报以微笑:嗨,兄弟

他们的鼻子·嘴脸和耳朵,整齐大方
在头顶下有序地排列
可他们的嘴巴,张开又合上
在背地里也这样爱我:嘿,白痴

一十五只吊桶
或一十五个人,都如此爱我
犹如我爱着水上的火焰
孩提时站在水缸前
我把一只茄子摁在水中
又把一只茄子摁在水中
我可怜的小手,从水中抽出
试图将其他的也摁下

先前摁下的茄子
却又浮上了水面
我反复着,忙碌,喘气
一心扑在火焰上

2007.8.6 九雨楼

（收入《不落下一粒尘埃：东荡子近期作品》,《诗歌与人》专刊,2009 年 4 月）

一片小树叶

天堂有的,地狱也有
地狱有的,天堂早已发生
所有的事物都不过是一对同胞兄弟
一前一后,有时也会从一根肠子里同时到来

我曾怀念地狱的人,后来在天堂
听到他的声音,他说,终于过去
我也曾怀念天堂的人,遇见他
却在地狱,他回答,终于过去

我怀念的就是你,分身两处的兄弟
无论在哪里深睡和清醒,都一样疲倦
可疲倦本是没有的,犹如真理
真理是没有的,我们一开口,就在狡辩
并继续在狡辩中将自己的耳光抽打

一个疲倦的人分身两处,犹疑,闪烁
在并不存在的天堂和地狱之间
正如我的心分身两处地怀念你
它燃烧过,却不曾留下灰烬和气体

然而它却在笼罩世界,它在笼罩中
盗取自己所欲望的一切,哪怕是牺牲

也终是在盗取。虚设它的智慧
也并未在头顶闪现，它在忏悔
它要在人间长出它的一片小树叶

2007.8.10 九雨楼

（收入《不落下一粒尘埃：东荡子近期作品》，《诗歌与人》专刊，2009 年 4 月）

在一枚硬币前停下

一个快要废弃的脑袋
又在运转，又在加速进入
他自己创造的黑夜中的步伐

他钟情于没有光线穿透这永无穷尽的小巷
这条逼真的小巷
在他加速的运转中却有了尽头
他在一枚硬币前停下

一个没有视力的人，在小巷途中
发现了金属的眼睛，他弯下腰
俯身金属击中饥寒交迫的瓦片发出的声音
一个没有听力的人
在无边无际中伸出了手

这个又聋又盲的家伙，带着微笑
在黑夜的缝隙里捉拿逃逸的昆虫
它死有余辜，它逃不了啦
因为它长着金属的面庞
无论黑夜多么黑，它多么小
只要它现身，即使只把半边耳朵露出
他也能及时将它揪住

这个快要废弃的身体
被金属煎熬,终于回到烟火的屋檐
仿佛飞鸟倾巢出动
盘旋在故乡的上空。看见了吧
他并非年迈,创造黑夜,鼓足飞翔的力气
从此写下轻于鸿毛的诗篇

2007.8.11 九雨楼

(收入《不落下一粒尘埃:东荡子近期作品》,《诗歌与人》专刊,2009 年 4 月)

献身

这首诗写给日夜疯长的豆芽菜
它们主要由水构成，一吹就折
一捏便水流四溢，不见骨头和核粒

从温室里出来，抵挡不了风雨
可它们都想成为参天大树
紧紧拽住大地的耳根和脖颈

它们毕竟来自虚假的水柱
无论多么肥壮，多么水灵和光鲜
它们的成长，都是恐惧在支撑

这首诗写给你，和我一样的生命
经不起赞美、鼓励、指责和批评
即使面对沉默，也身临夭折的险境

你呀，你离不开群体，也耐不住孤寂
跟我一样，在尴尬的陷阱里颤抖着身体
热衷于心肺全无的游戏

持久的脆弱，产生无边的恐惧
持久的强大，产生无边的恐惧
持久的沉默，照样在劫难逃那无边的口袋

这首诗写给恐惧中诞生的长城和喷嚏
虚假献身于无,真实献身于无
一个喷嚏,多少尸骨在成长,在堆砌

2007.8.16 九雨楼

（收入《不落下一粒尘埃:东荡子近期作品》,《诗歌与人》专刊,2009 年 4 月）

搬不动的石头

并非要到左手和右手的斗争中去
把老面孔重新展现
不遗余力的合作是依旧的宗旨
对付必须对付的
放弃可以放弃的
无法抱住自己,便无法抱住一物

一拍即合的时刻久已到来
欢欣鼓舞的掌声,鼓舞了前所未有的敌人
树木顶天立地,环抱心脏的爪子
在铁的年轮中深入,储存辛劳和光阴
并将过去的伤痕隐匿

久已拉开序幕的歼击
在左手和右手的合围中迈进
但欢欣是无望的,战利品已撒手西去
斗争在丧失中斗争
丧失在斗争中丧失
欢欣是无望的,除非斗争撒手西去

但事故在一拍即合中久已发生
流水从未中止它永新的流淌
看得见永恒,便看得见消失

徒劳是有益的工作,看得见眼泪和汗水
应该欢欣鼓舞地问慰那搬不动的石头
它被双手所创造,在风浪中始终微笑

2007.8.22 九雨楼

(收入《不落下一粒尘埃:东荡子近期作品》,《诗歌与人》专刊,2009 年 4 月)

它们在一根一根拔我的羽毛

不要怪它们,是我自己惹怒了我自己
是我的欲望过于多而强烈,对世上的许多东西向往
却与它们产生了越来越离谱的距离
没有人来惹怒我,也没有人打败我
是我自己把身体拖进了灵魂不齿的深潭
是我的灵魂要脱离我的肉体而导致了自我的战争

没有一天我不诅咒我的肉体,这粗野的肉体
没有一天我不诅咒我的灵魂,这疯狂的灵魂
它们使我沉默
使爱我的人还在深深爱着仇恨
它们使我一直反对正确的看法,坚持古怪和偏激
它们使我后退,退到山谷和山顶,与众人分离
因为它们,我抓住了真理

我凝视这不齿的孤独,恶魔,这铅一般的阴影
它吞噬我,威逼我,但它们并不剪掉我的翅膀
它们却在一根一根地拔我的羽毛
它们却在我的眼睛里一粒一粒地放进沙子
是因为我会飞
是因为我还看得见世间的未来吗
夜啊,你也无力卸下我的翅膀
让我在你全黑的怀里沉下

为什么不飞
为什么不能看见众人所不能看见的

2007.8.31 改于九雨楼

附：

它在一根一根拔我的羽毛

夜啊，请卸下我的翅膀
不要怪它们，是我自己惹怒了我自己
是我的欲望过于多而强烈，对世上的许多东西向往
却与它们产生了越来越离谱的距离
没有人来惹怒我，也没有人打败我
是我自己把身体拖进了灵魂不齿的深潭
是我的灵魂要脱离我的肉体而导致了自我的战争

没有一天我不诅咒我的肉体，这粗野的肉体
没有一天我不诅咒我的灵魂，这疯狂的灵魂
它们使我沉默
使爱我的人还在深深地爱着仇恨
它们使我一直反对正确的看法，坚持古怪和偏激
它们使我后退，退到山谷和山顶，与众人分离
它们使我抓住真理，突然变成了邪说
犹如金子化为粪土

我凝视这不齿的孤独，恶魔，这铅一般的阴影
它吞噬我，威逼我，但它并不剪掉我的翅膀
它却在一根一根地拔我的羽毛
它却在我的眼睛里一粒一粒地放进沙子
是因为我会飞
是因为我还看得见世间的未来吗
夜啊，卸下我的翅膀吧，让我在你全黑的怀里沉下

为什么要飞
为什么要去看见众人所不能看见的

1997.4.18 圣地居

（收入《九地集：东荡子诗选》，广州《面影》诗刊，1997 年 12 月）

开拓草原的辽阔

蛆虫已爬满伤口,它们吹出了进军的号角
它们大喊,伟大的肉体啊,再宽阔些,再宽阔些
只有你无边的伤口才能使我们活得肥硕
一夜之间小小的医院拥挤着伤口、哭闹和呼救
请护士小姐和主治大夫涡旋进入手术室
即刻的手术是一场呼天抢地的手术
把各种手术刀、各种镊子、钳子突击准备
但无须准备缝合伤口的针线、消炎药、麻药
请伤口在手术台上做好一切心理的配合
请灯光熄灭,请门片窗户自己关上
这场呼天抢地的手术要在绝对的黑暗中进行
如果来不及戴上面纱,请医生护士把眼睛眯上
除此之外你们还要憋住气,在这一口气里
你们将摸索并练就出黑暗中超凡的手艺
你们将捧着大红花和现代网络制作的奖章迎接光明
但你们务必改名换姓,无论何时都不能暴露身份
无论何时也要严守这场手术的秘密
即使露出了尾巴,也要死死咬定
像电影里所有英勇就义的英雄
你们要坚信真理,没有人能找到黑暗中的证据
黑暗始终在帮助你们卓越地行动
最后的手术请把停尸间准备
来不及就把手术室的牌子换下

或者直接将尸体运往闻不到人间烟火的荒山野外
直升机早已停在了接应你们的窗口
干吧,勇士们,放手干
蛆虫在黑暗的角落等待你们开拓草原的辽阔

2007.9.4 九雨楼

(收入《不落下一粒尘埃:东荡子近期作品》,《诗歌与人》专刊,2009 年 4 月)

请别放在心上

感谢那个躲在朋友密林中的家伙
他教给我怎么宽阔
他教我连脑袋也锁进裤裆
只射出冷箭和偷笑

如果锋利的箭头射中了你的胸脯
请别在意流血,你吃过注水的猪肉
潲水油,以及苏丹红的鸭蛋
血液的初衷早已有了改变

如果你痛,只因为麻木已经习惯
请不必在意,没有人知道你痛在哪里
更没有人帮你痛过,忍一忍吧
忍一忍,很快又会麻木

侵扰你的蟑螂和老鼠神出鬼没
也请不必在意,你若追赶
并将它们扑灭,除非你分身万千
钻进它们那潮湿而阴暗的洞穴

噩梦醒来我终于懂得宽阔的含义
首先要找到狭窄之地,是的,就是那地方
死死捂紧,让它湿疹、化脓、生蛆

一切请别放在心上,宽阔将于腐烂中来临

2007.9.5 九雨楼

（收入《不落下一粒尘埃：东荡子近期作品》,《诗歌与人》专刊,2009 年 4 月）

上帝从不光顾我们的晚餐

龇牙咧嘴的不是上帝
装腔作势的不是上帝
露出了脸孔和尾巴的影子不是上帝
我们还没有拥抱,还没有笑过
虽到处欢娱,并饮酒作乐
啊戴着面具招摇过市的不是上帝

一间茅屋要几千年才能变成瓦房
建筑从未中止,但拖延也从未中止
误工和偷工减料、烧毁、坍塌也从未中止
从未中止的还有兵荒马乱和钩心斗角
啊在刀光剑影中坐地分赃的不是上帝

那么谁在建筑,谁在居住
有人见过上帝的家眷、妻小、马车和财富
有人见过摇身一变的上帝泪流满面
但居住在高楼大院的不是上帝

啊谁在拥抱,谁在笑
杀戮将动物的毛皮紧绷在我们的身上
将它们的声带装进我们的喉咙
但在皮毛里唱着相亲相爱的颂歌不是上帝

一颗心却在一夜之间就碎成了粉末
一颗心越来越碎,越来越碎成更多的粉末
它不能回答,它在忙于碎,忙于流血
血还没有流尽,它不能回答
啊上帝,上帝从不光顾我们的晚餐
它一无所有,无血可流,它不能回答

2007.9.15 九雨楼

(收入《不落下一粒尘埃:东荡子近期作品》,《诗歌与人》专刊,2009 年 4 月)

很快就要走了

海水和浪花就要分离
它们的闪耀将化为乌有,就像以往
虚无的枝头结出奋进的果实
它们很快就被带离枝头
因为那可恶的,秘密暴露者
罂粟已使秘密从体内抽身离去

很快就要走了,不要等到钟声敲响
再说一说世间的颜色,黑的,白的
不,它们从来就不是颜色
最关键的是红,说不尽的红
罂粟也未能说出红的所以
罂粟早已从颜色里抽身离去

如果还来得及将风暴催生
混淆视线和欲望,还来得及
将熄灭停止在半空,使灰烬永不存在
该到你看清大海的时刻了,多么平静
红色的,膨胀或爆炸,你所祈求的
终于到来

2007.9.29 九雨楼

(收入《不落下一粒尘埃:东荡子近期作品》,《诗歌与人》专刊,2009 年 4 月)

花瓣还在吮吸夜间的露珠

我的手向我哀告：父亲啊，我抓不住它
花瓣从枝头落下，鸟粪随即也落了下来
那只蚂蚁躲进了花心，我抓不住它

现在你可以抓到它了，你先将花瓣
一片一片剥开，把鸟粪也剥开
它很快就会显身，必举手向你缴械

你这是什么指令呢，父亲，你的指令
让我浑身颤抖，我只能将鸟粪轻轻剥去
可花瓣还在吮吸夜间的露珠
对它们，我没法下手

它们从枝头不辞而别，本该得到应有的惩罚
它们又已经凋败，再多的露水滋养也是白费
而蚂蚁，丝毫也不会因此把它们放过
且正在啃噬它们的心

父亲啊，我已剥去花心上的鸟粪
花心已经露出，可露珠靠近了它
我越来越颤抖、不安，冒出了冷汗
好像还听见有声音在我头顶呼喊

那是风吹动了花枝,是它们在摇摆
不要担心,不要管露珠和花瓣
看见蚂蚁了吗,它有八只脚
拖住一只,就能把它全身揪住

可是,父亲啊,刚才又有花瓣落下
又一只蚂蚁躲进了花心
它们还能逃往哪里,虽可在花心偷度余生
但花瓣的末日,行将枯烂

风声变得凶猛、怒号,花瓣纷纷落下
我的手不再哀告,垂了下来
如果你不能收回你的指令,我也无法行动
那么,父亲啊,我为什么一定要将蚂蚁抓住

2007.9.30 九雨楼

(收入《不落下一粒尘埃:东荡子近期作品》,《诗歌与人》专刊,2009 年 4 月)

土地

挖掘，覆平，灌满水，又流失
一块土地需要多少翻耕
长满庄稼和果子，养育多少生命
多少事物也在这里被埋葬
罪人的罪，忠骨的忠
以及多少战争与和平

或深，或浅，前进，或者后退
一块土地要被多少脚印踩过
拐过多少弯，仿佛看见模糊的身影
多少逃跑和狩猎又在昏天暗地里行动
询问总是方向，徘徊总是目的
却不知怒吼和哀鸣已安息

烧毁，坍塌，又大兴土木，卷土重来
一块土地还需要多少反复的建筑
居住不安的灵魂
一边死而复生，一边死灰复燃
又都将自己投入火坑
看得见烈火，看不见永生

飞沙上天，走石入海
一块土地它有多重，多轻

天下汪洋,水天一色
如果复于平静,那又是什么在喧腾

2008.3.20 九雨楼

来不及和你们告别

一切都那么突然,仿佛闪电
撕开地狱,立刻又合上
来不及向你们告别,来不及对你们说
我走了,亲人啊,废墟已将墓园
筑在了我的头顶

通往课堂的小路还那么欢畅吗
少先队的敬礼还那么庄严吗
幼儿园的孩子还在等着妈妈吗
同学啊,来不及向你们告别
来不及跟你们讨论考试和未来的难题
以及生与死在生命里究竟怎样抒写
来不及转身,来不及回头
来不及对你说:对不起
刚才是我弄坏了你的书页

一切都那么突然,仿佛闪电
撕开地狱,立刻又合上
来不及向你们告别,来不及对你们说
我走了,亲人啊,废墟已将墓园
筑在了我的头顶

最后下班的把门关了吗,灯熄了吗

垃圾桶清理了吗,都安全回家了吗
家里人都好吗,孩子好吗,他们还哭吗
同事啊,来不及向你们告别
来不及再探望呻吟的病人,他们出院了吗
来不及再扎紧脚手架,它们牢固吗
来不及转身,来不及回头
来不及对你们说:请原谅
来不及转告你们家人平安的消息

一切都那么突然,仿佛闪电
撕开地狱,立刻又合上
来不及向你们告别,来不及对你们说
我走了,亲人啊,废墟已将墓园
筑在了我的头顶

练兵的操场还那么威武雄壮吗
出警的号令又下达了吗
雪灾过去了,洪水又快来了
战友啊,来不及向你们告别
来不及跟上你们的步伐,战斗在第一线
用智慧或热血铸就灵魂的含义
来不及转身,来不及回头
来不及对你们说:珍重,谢谢
来不及吃下你们为我泡下的方便面

一切都那么突然,仿佛闪电
撕开地狱,立刻又合上
来不及向你们告别,来不及对你们说
我走了,亲人啊,废墟已将墓园
筑在了我的头顶

天上的月亮还那么圆吗,那么亮吗
它还照得见你们的忧伤、你们的快乐吗

它还会把我的眷恋洒在你们身上吗
我的朋友我的恋人，来不及向你们告别
来不及跟你发一个调皮的信息
来不及转身，来不及回头
来不及告诉你告诉你：如果有十八层地狱
就算在十九层，我也会把你们的幸福看见

一切都那么突然，仿佛闪电
撕开地狱，立刻又合上
来不及向你们告别，来不及对你们说
我走了，亲人啊，废墟已将墓园
筑在了我的头顶

冰冷的铁门和镣铐还闪着黑光吗
心灵的锁孔开通了吗，心亮了吗
回家的路近了，亲人捎来补好的衣物了吗
囚友啊，来不及向你们告别
来不及饮尽最后一滴悔恨的泪水
来不及转身，来不及回头
来不及对你们说：他们还爱着我
我的儿女我的父母我的爱人，还像从前

一切都那么突然，仿佛闪电
撕开地狱，立刻又合上
来不及向你们告别，来不及对你们说
我走了，亲人啊，废墟已将墓园
筑在了我的头顶

来不及转身，来不及回头
来不及再看一看我青山绿水中的房子
再摸一摸你们被风雨侵蚀的裂缝
你们需要修补、粉刷，需要焕然一新
我的花草，我的树木，多想再看看你们

多想带走你们的娇艳和芬芳
多想再为你们松一松土,浇一浇水
多想把你们的种子埋在泥土里

一切都那么突然,仿佛闪电
撕开地狱,立刻又合上
来不及向你们告别,来不及对你们说
我走了,亲人啊,废墟已将墓园
筑在了我的头顶

2008.5 九雨楼
(原载《花城》2008 年第 4 期)

倘若它一心发光

一具黑棺材被八个人抬在路口
八双大手挪开棺盖
八双眼睛紧紧盯着快要落气的喉咙
我快要死了。一边死我一边说话
路口朝三个方向,我选择死亡
其余的通向河流和森林
我曾如此眷恋,可从未抵达
来到路口,我只依恋棺材和八双大脚
它们将替我把余生的路途走完
我快要死了,一边死我一边说话
有一个东西我仍然深信
它从不围绕任何星体转来转去
倘若它一心发光
死后我又如何怀疑
一个失去声带的人会停止歌唱

2008.6.30 九雨楼

(收入《阿斯加》,中国戏剧出版社,2010 年 12 月版)

它熬到这一天已经老了

死里逃生的人去了西边

他们去了你的园子

他们将火烧到那里

有人从火里看到了玫瑰

有人捂紧了伤口

可你躲不住了,阿斯加

死里逃生的人你都不认识

原来他们十分惊慌,后来结队而行

从呼喊中静谧下来

他们已在你的园子里安营扎寨

月亮很快就会坠毁

它熬到这一天已经老了

它不再明亮,不再把你寻找

可你躲不住了,阿斯加

2008.7.1 九雨楼

（收入《阿斯加》,中国戏剧出版社,2010 年 12 月版）

宣读你内心那最后一页

该降临的会如期到来
花朵充分开放,种子落泥生根
多少颜色,都陶醉其中。你不必退缩
你追逐过,和我阿斯加同样的青春

写在纸上的,必从心里流出
放在心上的,请在睡眠时取下
一个人的一生将在他人那里重现
你呀,和我阿斯加走进了同一片树林

趁河边的树叶还没有闪亮
洪水还没有袭击我阿斯加的村庄
宣读你内心那最后一页
失败者举起酒杯,和胜利的喜悦一样

2008.7.2 九雨楼

(收入《阿斯加》,中国戏剧出版社,2010 年 12 月版)

倘使你继续迟疑

你把脸深埋在脚窝里
楼塔会在你低头的时刻消失
果子会自行落下,腐烂在泥土中
一旦死去的人,翻身站起,又从墓地里回来
赶往秋天的路,你将无法前往
时间也不再成为你的兄弟,倘使你继续迟疑

2008.7.3 九雨楼
（收入《阿斯加》,中国戏剧出版社,2010 年 12 月版）

那日子一天天溜走

我曾在废墟的棚架下昏睡

野草从我脚底冒出，一个劲地疯长

它们歪着身体，很快就淹没了我的膝盖

这一切多么相似，它们不分昼夜，而今又把你追赶

跟你说起这些，并非我有复苏他人的能力，也并非懊悔

只因那日子一天天溜走，经过我心头，好似疾病在蔓延

2008.7.3 九雨楼

（收入《阿斯加》，中国戏剧出版社，2010 年 12 月版）

把剩下的一半分给他

你可曾见过身后的光荣
那跑在最前面的已回过头来
天使逗留的地方,魔鬼也曾驻足
带上你的朋友一起走吧,阿斯加
和他同步,不落下一粒尘埃

天边的晚霞依然绚丽,虽万千变幻
仍回映你早晨出发的地方
你一路享饮,那里的牛奶和佳酿
把剩下的一半分给他,阿斯加
和他同醉,不要另外收藏

2008.7.4 九雨楼

（收入《阿斯加》,中国戏剧出版社,2010 年 12 月版）

哪怕不再醒来

这里多美妙。或许他们根本就不这么认为
或许不久，你也会自己从这里离开
不要带他们到这里来，也不要指引
蚂蚁常常被迫迁徙，但仍归于洞穴

我已疲倦。你会这样说，因为你在创造
劳动并非新鲜，就像血液，循环在你的肌体
它若喧哗，便奔涌在体外
要打盹，就随地倒下，哪怕不再醒来

2008.7.4 九雨楼

（收入《阿斯加》，中国戏剧出版社，2010 年 12 月版）

进入它们的心脏

老虎你恐惧过,小毛虫你也恐惧

蹲下来仔细瞧,它们都精美绝伦

野草在你脚下死而复生,石头粉碎依然坚硬

一只再小的鸟,也能飞到雄鹰的高处

再将美妙的歌从云朵里传下来

近处和远处,无论大小,你静静谛听

每一个生命都在发出低沉而壮丽的声音

它们从没停止把你呼唤,阿斯加

进入它们的心脏还有多远的路程

2008.7.8 九雨楼

(又作《还有多远的路程》,收入《不落下一粒尘埃:东荡子近期作品》,《诗歌与人》专刊,2009 年 4 月)

未见壮士归故乡

跟我去刚刚安静下来的沙场
看看那里的百合,已染上血浆
那里遗物遍地,都曾携带在青年的身上
他们清晨向亲人告别
黄昏便身首分离
你想拾到一枚勋章,就在尸体下翻找
一堆堆白骨,将焕发他们的荣光
可你已老迈,两眼昏花,未见壮士归故乡

2008.7.8 九雨楼

(收入《阿斯加》,中国戏剧出版社,2010 年 12 月版)

阿斯加的牧场一片安宁

去年栽下的树,眼前就已结果
上辈子的仇账,这辈不能不算清
阿斯加的牧场一片安宁,除了牛羊嬉戏与欢腾
快去那里和他会见,向他请教,重返你们的手足之林

刚才还阳光灿烂,转瞬便乌云压顶
人间的不幸却更加突然,远胜这暴雨凶猛
阿斯加的牧场一片安宁,除了牛羊嬉戏与欢腾
快奔赴他,在他的怀抱将得到安抚,你们那绝望和惊恐

2008.7.8 九雨楼

（收入《不落下一粒尘埃：东荡子近期作品》,《诗歌与人》专刊,2009 年 4 月）

快随我去问阿斯加

生命毫无意义。圣人如此对我说
可我还没有去死，便知道我为何而来
这里水草肥美食物丰沛，也许适宜我长久居留
但有一群客人似乎更为珍贵，尚需我耐心等待

看我颠来倒去，酿造美酒的行动有些笨拙
像花苞慢慢开启，全然不见手艺如何精湛
待我把筵席一一铺开，将美酒送到你手上
并非酒香的醇浓而令你沉醉，不愿离开

虽然奥秘的结果是你所愿望，但在其中
我只是把各种佐料调好、揉匀，撒在它的面粉上
我快乐地做着这一切，你也欣然接受
还表现出同样的兴奋，高举酒盅和我碰响

趁天色未晚，随我放下活计到院子里转转
看一看，是否有什么东西还要另做打算
当琴弦开始拨响，他们便从不同的路上陆续前来
不至于因我细小的疏忽，留与客人一丝遗憾

其实他们的要求只有一个，有美酒相伴
不枉走一趟人间，无非为倾听一个诗人的歌唱
这桩事情一直放在我心上，但也不难，听一听

听那脚步,他来了,快随我去问阿斯加

2008.7.9 九雨楼

(收入《不落下一粒尘埃:东荡子近期作品》,《诗歌与人》专刊,2009 年 4 月)

他就这么看

这个人十分老土,他想把你带到旧时
他想把你从木房里拖出,重新扔回石洞
不想让你闪光,迷人,有着百样的色泽

一顶帽子无论怎样变化,即使如夜莺把夜统领
都只是戴在头顶。是的,他就这么看

这个老土的家伙已跟不上大家的脚步
他在挖掘坟墓,搂着一堆朽烂的尸骨
还想充饥,还想从细嚼中嗅出橄榄的气味

小鸟总要学着高飞,成为大鸟把天空追赶
但都飞不出鸟巢。是的,他就这么看

他已落入井底,捧着树叶像抱住森林
从一滴水里走出,便以为逃离了大海
他耳聋目盲,困在迷途,不辨声音和形状

若是把核桃砸开,他说这里什么也没有
除了一颗粉碎的脑袋。是的,他就这么看

2008.7.10 九雨楼

（收入《阿斯加》,中国戏剧出版社,2010 年 12 月版）

不要让这门手艺失传

他们说我偏见,说我离他们太远
我则默默地告诫自己:不做诗人,便去牧场
挤牛奶和写诗歌,本是一对孪生兄弟

更何况,阿斯加已跟我有约在先
他想找到一位好帮手
阿斯加的牧场,不要让这门手艺失传

处于另外的情形我也想过
无论浪花如何跳跃,把胸怀敞开
终不离大海半步,盘坐在自己的山巅

或许我已发出自己的声响,像闪电,虽不复现
但也绝不会考虑,即便让我去做一个国王
正如你所愿,草地上仍有木桶、午睡和阳光

2008.7.13 九雨楼

（收入《阿斯加》,中国戏剧出版社,2010 年 12 月版）

从一月到十月

从一月到十月,有一个新生命
他就要落地
仿佛失败已转向胜利

阿斯加阿斯加,他不得不寻找你的足迹
你把他带到沙漠上
却不让他看见你的脸

你的牧场广大无边,茫茫大雪封冻了天和地
从一月到十月,你不是那个新生命
他在跟随谁的足迹

阿斯加阿斯加,你在天地间转过半张脸
大雪包裹了你的伤口
天气依然恶劣,你的痛还要延续一些时期

从一月到十月,他跳入羊圈,把门夹牢
你的羊群满身灰土,在圈牢里翘望
嚼食难咽的干料

2008.7.13 九雨楼

（收入《阿斯加》,中国戏剧出版社,2010 年 12 月版）

夏日真的来了

夏日真的来了
孩子们有了新发现,一齐走进了芦苇丛
他们跑着,采摘芦苇
他们追着,抱着芦苇
两枝芦苇,择取一枝
三枝芦苇,择取一枝
秋天近了,你差一点在喊
黑夜尚未打扮,新娘就要出发

2008.7.14 九雨楼

（收入《阿斯加》,中国戏剧出版社,2010 年 12 月版）

一片树叶离去

土地丰厚,自有它的主宰
牲畜有自己的胃,早已降临生活
他是一个不婚的人,生来就已为敌
站在陌生的门前

明天在前进,他依然陌生
摸着的那么遥远,遥远的却在召唤
仿佛晴空垂首,一片树叶离去
也会带走一个囚徒

2008.7.15 九雨楼
(收入《阿斯加》,中国戏剧出版社,2010 年 12 月版)

喧嚣为何停止

喧嚣为何停止,听不见异样的声音
冬天不来,雪花照样堆积,一层一层
山水无痕,万物寂静
该不是圣者已诞生

2008.7.16 九雨楼

(收入《阿斯加》,中国戏剧出版社,2010 年 12 月版)

他却独来独往

没有人看见他和谁拥抱,把酒言欢
也不见他发号施令,给你盛大的承诺
待你辽阔,一片欢呼,把各路嘉宾迎接
他却独来独往,总在筵席散尽才大驾光临

2008.7.16 九雨楼

(收入《阿斯加》,中国戏剧出版社,2010 年 12 月版)

半径在平面上

填满一只杯子要多少水
他却计算着杯子和水的透明

自己和另一个自己有多少变位
他却在计算跟自己周旋的弧度

他还要计算胃和吞咽
一个人在胃里怎样把猛力的消化抵挡

他曾计算过奔波和陷阱
却从未遇上一双明亮见底的眼睛

而现在半径在平面上运动,退缩或延伸
他已无力,面对消失和圆心

(原载《审视》2008 年卷,总第 6 期)

一代羊群

先于想象到来,是新的时刻

你懂得植物的心,它便蠢蠢欲动

一场雨水洗去尘埃和耐心

但在你的北方,一根枯草,繁衍一代羊群

匍匐吧,深渊渐近

他们未曾离去,繁衍却在继续

你不能说,他们已在水火之中

2009.3.28 九雨楼

(收入《不落下一粒尘埃:东荡子近期作品》,《诗歌与人》专刊,2009 年 4 月)

奴 隶

果树和河流,流出各自的乳汁
方井和石阶,循环各自的声音

但它们都属于你,阿斯加
雾水已把你的询问和祝福悄悄降下

一条青苔终年没有脚印
一个盲人仍怀朗朗乾坤

还有那顽劣的少年,已步入森林
他剽悍勇猛,却愿落下奴隶的名声

2009.3.30 九雨楼

(收入《阿斯加》,中国戏剧出版社,2010 年 12 月版)

去九都村看世宾

事先我没有想到,会把你如此惊动
我不意碰响你的头盔,虽然短促
但震耳欲聋,这下可好
不妨就将它视作仪式,祝福我提前启程

原本只想和你聊天、酗酒
绝不提起过去的战事
可三杯酒下肚,按不住万马奔腾
你取甲披身,仿佛重把雄关
纵有天兵十万也不敢前来叫阵

之前我并未准备,要在你的院子里小住
虽英雄卸甲,田地复苏,九都村里灯火通明
有一点却未曾预料
一醉醒来,已是三日黄昏

2009.3.31 九雨楼

(收入《不落下一粒尘埃:东荡子近期作品》,《诗歌与人》专刊,2009 年 4 月)

打水

去赤磊河边打水,你猜我遇见了谁
一个老头,他叫我:安
他低着嗓子,似乎是一贯的腔调
但我想不起,有谁曾经这样叫过

雾水湿透了他的眉发
这个老头,他从何而来
他起得这么早
他用桶底拨开水面,就帮我打水
接着又把我扶上牛背

2009.3.31 九雨楼

（收入《阿斯加》,中国戏剧出版社,2010 年 12 月版）

容身之地

这里还有一本可读的书,你拿去吧
放在容身之地,不必朗读,也不必为它发出声响
葡萄发酵的木架底下,还有一个安静的人
当你在书页中沉睡,他会替你睁开眼睛

2009.3.31 九雨楼

（收入《阿斯加》,中国戏剧出版社,2010 年 12 月版）

芦笛

我用一种声音,造出了她的形象
在东荡洲,人人都有这个本领
用一种声音,造出他所爱的人
这里芦苇茂密,柳絮飞扬
人人都会削制芦笛,人人都会吹奏
人人的手指,都要留下几道刀伤

2009.3.31 九雨楼

(收入《阿斯加》,中国戏剧出版社,2010 年 12 月版)

盛放的园子

到了,昨天盛放的园子
因他们而停止的芬芳,不再笼罩
千百种气味已融入其中
千百种姿态尽已消形
你来得太迟,你那千百颗心
再生于肉体与冰川
也无一样烈焰,能敌过凋零

2009.4.2 九雨楼

（收入《阿斯加》,中国戏剧出版社,2010 年 12 月版）

家园

让我再靠近一些,跻身于他的行列
不知外面有丧失,也有获取;不知眼睛
能把更多的颜色收容

他面朝黄土,不懂颂歌
我如何能接近一粒忙碌的种子,它飘摇于风雨
家园毁灭,它也将死

2009.4.4 九雨楼

(收入《阿斯加》,中国戏剧出版社,2010 年 12 月版)

异类

今天我会走得更远一些
你们没有去过的地方,叫异域
你们没有言论过的话,叫异议
你们没有采取过的行动,叫异端
我孤身一人,只愿形影相随
叫我异类吧
今天我会走到这田地
并把你们遗弃的,重又拾起

2009.4.4 九雨楼

（收入《阿斯加》,中国戏剧出版社,2010 年 12 月版）

方法

苦瓜长到三寸的时候,我惊喜地喊
这正是我想象的苦瓜。我曾为它松土,顺藤
蜜蜂还不停地眷顾,雨水也多情地为它洒下
要是一个生命从内部腐烂,这里可找不出方法

2009.4.8 九雨楼

(收入《阿斯加》,中国戏剧出版社,2010 年 12 月版)

街口

一枝失去了土壤的玫瑰,还是玫瑰
这样疑问,我好多年也没有拐弯
在巷子里看见小孩,抱着它们四处叫卖
我在那里站了站,想街口就在不远的地方

2009.4.8 九雨楼
(原载《野草》2010 年第 1 期)

水波

我在岸上坐了一个下午。正要起身
忽然就有些不安。莫非黄昏从芦苇中冒出
受你指使,让我说出此刻的感慨? 你不用躲藏
水波还在闪耀,可现在,我已对它无望

2009.4.8 九雨楼

(收入《阿斯加》,中国戏剧出版社,2010 年 12 月版)

夜行途中

亮灯时分,院子里传来打闹和狗的叫声
我放轻脚步,屏住呼吸,尽量让自己听得更清
风从院子那边吹来,就折了回去,这还不算
刚挂起的马灯,呼地灭了,又把我送进黑暗中

2009.4.8 九雨楼

(收入《阿斯加》,中国戏剧出版社,2010 年 12 月版)

你不能往回走

每一匹马都有一个铃铛,每一个骑手
都有一把马头琴。当火种埋下,人群散尽
你不能往回走,然而在草原扎根
你该察觉,马的嘶鸣千秋各异,且远抵天庭

2009.4.8 九雨楼

(收入《阿斯加》,中国戏剧出版社,2010 年 12 月版)

有时我止步

我常在深夜穿过一条小路,两边的篱笆
长满灌木和高大的柳树。我不知道是你在尾随
天黑沉沉的,什么也看不到。有时我止步
达三秒钟之久,有时更长,想把你突然抓住

2009.4.8 九雨楼
(收入《阿斯加》,中国戏剧出版社,2010年12月版)

我绕着城墙走了三天

我绕着城墙走了三天,它不飞,却掉下羽毛
眼看我就要着陆,要把锚抛在它斑驳的顶端
为何不见牧羊的鞭子,驱赶怨恨和雾霭
为何不是你,站在墙头,对我怒目圆睁

三天有多少桥梁处于无奈,将各个堡垒连接
三天的烈日、山冈和海洋,也都要出头露面
我只有一寸完好的皮肤,等你们撕开
我只有一块碎片,保留着体温,等你们飞起来

2009.4.15 九雨楼

(收入《阿斯加》,中国戏剧出版社,2010 年 12 月版)

路上

熄灭篝火,我们一路嘻嘻哈哈,没有谁留意
有人会在这里穿来穿去,一会从前面落到后面
一会从左边插到右边。尤其是你
一言不发,忽而又蹿了出来,即便你走在中间

2009.4.16 九雨楼

(收入《阿斯加》,中国戏剧出版社,2010 年 12 月版)

相信你终会行将就木

为什么我会听到这样的声音
在心心相印的高粱地
不把生米煮成熟饭的人，是可耻的人
在泅渡的海上
放弃稻草和呼救的人，是可耻的人
为什么是你说出，他们与你不共戴天
难道他们相信你终会行将就木
不能拔剑高歌
不能化腐朽为神奇
为什么偏偏是你，奄奄一息，还不松手
把他们搂在枕边

2009.4.17 九雨楼

（收入《阿斯加》，中国戏剧出版社，2010 年 12 月版）

甩不掉的尾巴

选择一个爱你的人,你也爱她,把她忘记
选择一件失败的事,也有你的成功,把它忘记
选择我吧,你甩不掉的尾巴,此刻为你祝福
也为那过去的,你曾铭心刻骨,并深陷其中

2009.4.17 九雨楼

(收入《阿斯加》,中国戏剧出版社,2010 年 12 月版)

小白菜

他们在一个劲地采伐,拿枝叶取暖
拿树干做房梁。小白菜呀,你的小脖子
太嫩,太脆,你做不了房梁
明早起来,他们饿了,就把你砍光

2009.4.18 九雨楼

（原载《野草》2010 年第 1 期）

伤痕

院墙高垒,沟壑纵深
你能唤回羔羊,也能遗忘狼群
浮萍飘零于水上,已索取时间
应当感激万物卷入旋涡,为你缔造了伤痕

2009.4.24 九雨楼

(收入《阿斯加》,中国戏剧出版社,2010 年 12 月版)

人为何物

远处的阴影再度垂临
要宣判这个死而复活的人
他若视大地为仓库
也必将法则取代
可他仍然冥顽,不在落水中进取
不聚敛岸边的财富
一生逗留,两袖清风
在缝隙中幻想爱情和友谊
不会结在树上
他不知人为何物
诗为何物
不知蚁穴已空大,帝国将倾

2009.4.24 九雨楼

（收入《阿斯加》,中国戏剧出版社,2010 年 12 月版）

容器

容器噢,你也是容器

把他们笼罩,不放过一切

死去要留下尸体

腐烂要入地为泥

你没有底,没有边

没有具体地爱过,没有光荣

抚摸一张恍惚下坠的脸

但丁千变万化,也未能从你的掌心逃出

他和他们一起,不断地飘忽,往下掉

困在莫名的深渊

我这样比喻你和一个世界

你既已沉默,那谁还会开口

流水无声无浪,满面灰尘

也必从你那里而来

2009.5.12 九雨楼

(收入《阿斯加》,中国戏剧出版社,2010 年 12 月版)

让他们去天堂修理栅栏

鱼池是危险的,堤坝在分崩离析
小心点,不要喊,不要惊扰
走远,或者过来
修理工喜欢庭院里的生活
让他们去天堂修理栅栏吧
那里,有一根木条的确已断裂

2009.5.13 九雨楼

(收入《阿斯加》,中国戏剧出版社,2010 年 12 月版)

他在跟什么较劲

他在跟什么较劲？酒足饭饱，却烦躁不安
晃动着肥胖的身体，走来走去，到处搜索、翻找
希望得到一支竹签？或是另外的硬而尖细的物件
看他这样急不可耐，像是要把你从牙缝中剔出来

2009.5.14 九雨楼

（收入《阿斯加》，中国戏剧出版社，2010 年 12 月版）

蓬莱·增城

我为什么会如此厌倦，这天堂的生活
因为那里已悄悄受孕，诞生了一个新村庄
那里老树死去，又发嫩芽
那里红色的珍珠，身缠一根绿丝带
结在果树上

不要呼喊，不要挽留，我在下坠
因为她已向我伸出双手，我也快抓住她的肩膀
那里有一群山间的房子，被古藤环绕
那里少女一身素装，云游四海
打听少年的方向

可是慢些，再慢些，让我适应这迟到的造访
让我随那一泻千里的瀑布，在舞姿中落下
因为那里的水寨明亮，照得见迟钝和尘埃
那里的上坡，有九千九百九十九个石梯
梯梯叫蓬莱

2009 九雨楼

水泡

在空旷之地，或无人迹的角落
土地和植物悄悄腐熟
你转过身，蘑菇冒出来了
无声无息。却全然不像水泡
当着你的面也会冒出
声响果断，短促而悠远
有时还连续冒出一串
在同一个地方，接着便消失

2009.11.25 改于九雨楼
（收入《阿斯加》，中国戏剧出版社，2010 年 12 月版）

附：

水泡就要上来

在空旷或无人迹的角落
土地和植物悄悄腐熟
你转过身,蘑菇冒出来了
无声无息,却全然不像水泡
当着你的面也会冒出
声响果断,短促而悠远
有时还连续冒出一串
在同一个地方,接着便消失

一切都不会太远了
水泡就要上来,蘑菇已经厌倦
抵挡风雨和烈日,垂下了头
狭小的街道,尖叫冲破屋顶
由陌生变得亲切,由麻木而生动
你抓住了你的兄弟
他拥抱了分离
仿若他人在水上遇见时间
而我遇见了水泡

2007.10.30 九雨楼

(收入《不落下一粒尘埃:东荡子近期作品》,《诗歌与人》专刊,2009 年 4 月)

从白天到黑夜

在一个不远的村庄,听到有关你的消息
你死了,而我小心翼翼,在这里沿着你的路径
看上去,我靠你越来越近。事情却正好相反
从白天到黑夜,我们只是身披同一件外衣

（原载《野草》2010 年第 1 期）

去一个树林

他看到我犹疑,便拿出一分硬币
噢,五分硬币,诱使我去一个树林
我不能接受。但我还是欣然
跟他登上了小船

树林在沙洲的中央
沙洲在水的中央
我们要去树林的中央

他拆下两片桨,把其中的一片递给我
然后,他使劲地划,不再看我
我也只好使劲地跟上

黄昏是什么时候来的,星星也出来一颗
当我们靠拢沙洲,把船系好
黑幕便罩住了一切
河水却还在延续白天的声响

然而我一无所知,来树林的目的
现在我也不问,只是跟他左右相伴
在林子里转,朝着缓缓的上坡

可有一个念头,在我脑海里轻轻闪过

既然跟随他来,为何我们并肩而行

却并非一前一后

(原载《野草》2010 年第 1 期)

只需片刻静谧

倘若光荣仍然从创造中获得
认识便是它的前提
倘若仍然创造,他又想认识什么
他已垂老,白发苍苍
宛如秋天过后的田野,出现于他眼中,茫然一片
天空和大地,安慰了四季
劳动和休息,只需片刻静谧

2010.4.4 改于九雨楼

（收入《阿斯加》,中国戏剧出版社,2010 年 12 月版）

附：

出发和回首

你已垂老,白发苍苍
宛如秋天过后的田野
出现于他眼中,茫然一片
天空和大地,安慰了四季
劳动和休息,只需片刻静谧
倘若光荣仍然从创造中获得
认识便是它的前提
倘若仍然创造
他又想认识什么
他已垂老,白发苍苍
发不出完整的言语和音节
他动作吃力,缓慢,上气不接下气
一生就走了两步,出发和回首
而今原地早已改变

2007.10.10 九雨楼

（收入《不落下一粒尘埃：东荡子近期作品》,《诗歌与人》专刊,2009 年 4 月）

诗人死了

词没了,飞了
爱人还在,继续捣着葱蒜,搅着麦粥
你闯入了无语的生活

海没了,飞了
沙子还在,继续它的沉静,卧在渊底
你看见了上面的波澜

可诗人死了,牧场还在
风吹草低,牛羊繁衍
它们可曾把你的律令更改

2010.6.10 九雨楼

（收入《阿斯加》,中国戏剧出版社,2010 年 12 月版）

四面树木尽毁

你躲得过石头，躲不过鲜花
是歧途还是极端？往昔你多么平静
你的头顶就是苍穹
你的酒馆坐满过路的客人

躲闪能将你白天的足迹改变
驻足也能令你在暗处转身
你看得见五指，但看不见森林
四面树木尽毁，囹圄和沼泽已结为弟兄

2010.7.31 九雨楼
（又作《看不见森林》，收入《阿斯加》，中国戏剧出版社，2010 年 12 月版）

逃亡

给你一粒芝麻,容易被人遗忘
给你一个世界,可以让你逃亡

你拿去的,也许不再发芽
你从此逃亡,也许永无天亮

除非你在世界发芽
除非你在芝麻里逃亡

2010.7.31 九雨楼
(收入《阿斯加》,中国戏剧出版社,2010 年 12 月版)

一意孤行

还有十天,稻谷就要收割
人们杀虫灭鼠,整修粮仓,而你一意孤行
忘返故里,不做谷粒,也不做忙碌的农人

还有十天,人们将收获疾病
求医问药,四处奔波,而你一意孤行
流连于山水,不做病毒,也不做医生

还有十天,牧场就要迁徙
人们复归欢腾,枯草抬头,而你一意孤行
守着木桩,不让它长叶,也不让它生出根须

2010.8.8 九雨楼

（收入《阿斯加》,中国戏剧出版社,2010 年 12 月版）

它们不是沙漠上的

庭院里的蔬果,我要给它们浇水
它们不是沙漠上的,我也不是
我要一个星期,或者大半个月离开水
我会对鱼说:你们能否成群结队,跟我游向沙漠

2010.10.10 九雨楼

高居于血液之上

你看见他仍然观望,甚至乞求
面对空无一物
但已使他的血管流干,那精心描述的宇宙
你称他为:最后一个流离失所的人

他还要将就近的土地抛弃
不在这里收住脚步,忍受饥肠辘辘
把种子在夜里埋下
然后收获,偿还,连同他自己的身体

他还要继续颠沛,伸手,与灵魂同在
高居于血液之上
可你不能告诉我,他还会转身,咳嗽
或家国永无,却匿迹于盛大

2010 改于九雨楼
（收入《阿斯加》,中国戏剧出版社,2010 年 12 月版）

附：

高居于血液之上

还颠沛在路途的饥饿的人,不要观望
乞求不是办法,它只能对付天黑的恐慌
饥肠辘辘也要在夜里撒播种子,天亮就会有收成
不要等到无力站起,摘取甜美的果实,倒在果树下

跟我来,在就近的土地停住你的脚步
从大自然吸取,然后偿还,连同你的身体
如若伸手,朝他人垂下双眼,还不如让血管流干
因那倍加珍惜的东西已与灵魂同在,便高居于血液之上

2008.7.9 九雨楼

(收入《不落下一粒尘埃:东荡子近期作品》,《诗歌与人》专刊,2009 年 4 月)

将它们的毒液取走

毒蛇虽然厉害,不妨把它们看作座上的宾客
它们的毒腺,就藏在眼睛后下方的体内
有一根导管会把毒液输送到它们牙齿的基部
要让毒蛇成为你的朋友,就将它们的毒液取走

2010 改于九雨楼
(收入《阿斯加》,中国戏剧出版社,2010 年 12 月版)

附：

将它们的毒液取走

他们把你关进了一个黑屋子，这并不可怕
他们只不过要从你这里得到他们所需要的
他们需要珠宝，黄金，首饰，你就告诉他们
那些东西立刻会有人送来，放在他们的门口
如果不是这些，而是其他，你也告诉他们
他们需要的那些东西都会放到他们的门口
不要说出卖，因为他们需要，而你拥有
也不是因为你已落入他们手中，需要拯救
毒蛇虽然厉害，不妨把它们看作座上的宾客
它们的毒腺，就藏在眼睛后下方的体内
有一根导管会把毒液送到它们牙齿的基部
要让毒蛇成为你的朋友，就将它们的毒液取走

2008.7.4 九雨楼

（收入《不落下一粒尘埃：东荡子近期作品》，《诗歌与人》专刊，2009 年 4 月）

别怪他不再眷恋

他已不再谈论艰辛,就像身子随便挪一挪
把在沙漠上的煎熬,视为手边的劳动
将园子打理,埋种,浇水,培苗
又把瓜藤扶到瓜架上

也许他很快就会老去,尽管仍步履如飞
跟你在园子里喝酒,下棋,谈天,一如从前
你想深入其中的含义,转眼你就会看见
别怪他不再眷恋,他已收获,仿若钻石沉眠

2010 改于九雨楼

(收入《阿斯加》,中国戏剧出版社,2010 年 12 月版)

附：

别怪他年轻过

他已不再谈论艰辛,就像身子随便挪一挪
把在沙漠上的煎熬,视为手边的劳动
你想深入其中的含义,回头你就会看见
别怪他年轻过,你也一样,而且永远年轻

他已回来做着自己的事情,将园子打理
埋种,浇水,培苗,又把瓜藤扶到瓜架上
你想深入其中的含义,转身你就会看见
别怪他不爱黄金,可这些,并非黄金能换取

也许他很快就会老去,尽管仍步履如飞
跟你在园子里喝酒,下棋,谈天,一如从前
你想深入其中的含义,闭眼你就会看见
别怪他不再眷恋,他已收获,仿若钻石沉眠

2008.7.11 九雨楼

（收入《不落下一粒尘埃:东荡子近期作品》,《诗歌与人》专刊,2009 年 4 月）

致可君

你蜷缩在梧桐叶上,远方的呜咽
因乞讨没有路过你的门前,一度变得更加喧腾
如若歌唱这盛大的演变
也就该诅咒,那低处的垂怜

在不眠的风声中谛听,万物的雷霆
会将粉碎的秋天送来
覆盖所有劫难
你将看见依附尘土的阵容,那高于一切的姿态

2010 改于九雨楼
（收入《阿斯加》,中国戏剧出版社,2010 年 12 月版）

附：

致可君

你蜷缩在梧桐叶上,远方的呜咽
因乞讨没有路过你的门前,一度变得更加喧腾
如若歌唱这盛大的演变
也就该诅咒,那低处的垂怜

在不眠的风声中谛听,万物的雷霆
会将粉碎的秋天送来
覆盖所有劫难
你将看见依附尘土的阵容,那高于一切的姿态

兄弟？还是世仇？从各自的身体出走
穿过漫长的隧道,抱拳致谢
那不同的海水
可是现在,它们被裹挟而来
随着暴虐地燃烧

2009.3.30 九雨楼

（收入《不落下一粒尘埃：东荡子近期作品》,《诗歌与人》专刊,2009 年 4 月）

小屋

你仍然在寻找百灵,它在哪里
山雀所到之处,皆能尽情歌唱
你呀,你没有好名声,也要活在世上
还让我紧紧跟随,在蜗居的小屋
将一具烛灯和木偶安放

2009.4.2 九雨楼
（收入《阿斯加》,中国戏剧出版社,2010 年 12 月版）

附：

小屋

何必去寻找百灵，它在哪里
山雀所到之处，皆能尽情歌唱
你呀，你没有好名声，也要活在世上
还让我紧紧跟随，在蜗居的小屋
将一具烛灯和木偶安放

2009.4.2 九雨楼

（收入《不落下一粒尘埃：东荡子近期作品》,《诗歌与人》专刊,2009 年 4 月）

处处有路到鹤洲

当我得闲,常在那里散步,惊动地上的羽毛,
它们缓缓浮动,有时我会弯腰,或稍一欠身,
其中的一片就会落在我的手心,
有时人流斡旋,羽毛又会浮到头顶的树叶上。

鹤开始鸣叫,先是一只,接着两只、三只,一群鹤,
树上的鹤,盘旋的鹤,连连呼应。它们也许在歌唱,
也许在对我表达欢迎,可我和周围的人止住脚步,
四处张望,仿佛地上惊浮的羽毛。

这些事情都发生在我的楼下,楼下有一条河叫增江,
江边有一片湿地叫鹤洲,这里果树婆娑,群鹤舞翔。
但我眼花缭乱,看不清哪一个脚趾曾经受伤,被我抚摸;
哪一个幼雏,曾盘曲着脖子,在我的怀里待到黄昏。

2010 九雨楼

扎寨白水，不意还乡

白水寨是什么地方？我的朋友常常来访，
陌生的人常常来访，大人小孩乐身其中。
我常陪同我的朋友穿行山水间，
随白水寨峰回路转，随陌生的人群忘返流连。

白水寨是什么地方？我无数次问自己，
我想去过的人也许像我一样，找不到答案。
但在白水寨，陌生一词消失，人人都无须招呼，
人人都笑脸相迎。

白水寨是什么地方？青山绿水？虎穴龙潭？
我仍然找不到答案。它有瀑布三千尺，
它有石级上天堂，可不只是这些；
它如桃源再造，它若海市回升，可不只是这些。

白水寨是什么地方？我从未梦见过，
它不出现在我的梦中。就像李白、陶渊明，
从不出现在我的梦中，我不知道他们是否梦见我，
是否愿意邀我，饮酒采菊，扎寨白水，不意还乡。

2010 九雨楼

屈原答九问

1
你从哪里来，
又到哪里去？

我从它那里来，
还到它那里去。

2
那么它是谁，
你又是谁，为何如此驯服？

它是给予，我是归还，
原本一体。

3
既然如此，
你为何要在这里经过？

你我尘埃，万物皆同，
都在卷入旋涡。

4
我不张望，也不走开，

只站在原地，它又能如何？

你即使望得到边，走得到头，
你也在漩涡的中央。

5
从秭归到汨罗，你在下沉，
是否在制造自己的漩涡？

我在漩涡里，只是将石头抱紧
——我说信赖，你说下沉。

6
你抱着的都已放下，
却为何独携石头远行？

因为它们都非石头，
而我只能将自己放在石头上。

7
你赋离骚，迎诸神，
诵九章，朝天问，意在何为？

它们都是石头的碎片，我连缀它们，
呈现它们原来的形状。

8
你说火能涅槃，水能涅槃，
鱼儿为何不跟你上岸？

它们有自己的鳞片，每一处都那么完美、精致，
只归于它们的呼吸，令我赞叹。

9

你递给我包袱,又递给我绳索,
行色匆匆,为何不回头看看?

天色已晚,百鸟将安,
除了夜莺,还有谁,能在黑暗里歌唱。

2011.3.22 九雨楼

它有隐秘的支柱

他有一只小而又小的心脏,他要从高处下来。
他经历的伤痕和丘陵一样多,
他翻越的秋天没有沉甸的头颅。
给他足够的体力,让他储备,让他无尽轮回。

灰烬总要复燃,或野草又回到脚边。
他看见你,那么多的现在和过去的狂欢,
循环往复,密布细小的血管。

这一切并非要唤醒——那些透明的肢体,
蚂蚁遇见大象,可能蚂蚁粉身碎骨,
也可能大象将失去水源。
这个夜晚要稍稍长一点,它有隐秘的支柱,
那些面庞一旦出现,耀眼的,会远离顶端。

2013.3.26 九雨楼

(收入《东荡子的诗》,暨南大学出版社,2014 年 3 月版,及《杜若之歌:东荡子诗选》,海风出版社,2014 年 9 月版)

何等的法则

众生唏嘘、惶恐,鹰的高空萦绕松鼠与野兔的尖叫。
它却俯冲、掠食,往来于各个节气。
然而在低处,从未见你把刀的爪子抓住。
这是何等的法则? 天空已经裂缝,
坍塌便不只是淹没大地的声音!

2013.3.27 九雨楼

(收入《东荡子的诗》,暨南大学出版社,2014 年 3 月版,及《杜若之歌:东荡
子诗选》,海风出版社,2014 年 9 月版)

今晚月亮不在天上

我匍匐过的地方,现在又绿了。
那些嫩黄的,弓着腰,渐渐地绿了。
岩浆从地下来,身带烈焰,盖过你的期望。

三个黄昏,酒精还未出槽。
我晃了晃,罂粟打盹,鸟儿入林。
童谣不开花,它们在听从谁的召唤?

秋天高了,冷风来了,
我扳扳指头,数着过往的云,有人在烧荒。
谁在密谋? 今晚月亮不在天上!

2013.3.29 九雨楼

(收入《东荡子的诗》,暨南大学出版社,2014 年 3 月版,及《杜若之歌:东荡子诗选》,海风出版社,2014 年 9 月版)

可能只是一时的无措

一个颗粒无收的人,还要活着,就会欠债。
一个走投无路的人,还要走下去,
他会有怎样的行动?
欠的永远欠下? 走下去将不再拥有方向?
他在跑,你在追,比的不是速度?
那其中包含什么奥秘? 是兔子掉进深水,
还是乌龟埋在洞里?
一砖一瓦,广厦千万间,谁在颠沛流离?
阿斯加,你见过他们的模样,
你见过悬崖峭壁,或深渊万丈;
眼睛红了,视力所到之处都在燃烧,
眼睛黑了,天紧跟着就会塌下;
你见过麻木,那死鱼的眼睛盯着前方,
它可能只是一时的无措,而非惊慌。

2013.3.31 九雨楼

(收入《东荡子的诗》,暨南大学出版社,2014 年 3 月版,及《杜若之歌:东荡子诗选》,海风出版社,2014 年 9 月版)

别踩着他们的影子

他们的琴,有的一根弦,有的两根,甚至更多。
他们知晓时间不动,也把一草一木笼罩。
别踩着他们的影子,阿斯加,
他们刚从沙暴的旅途退下,
带着北方的肺,要在南方的树林呼吸;
他们中那个酒醇的脑袋,曾出没于山峦,
弹拨着剩余的肢体。

2013.3.31 九雨楼

(收入《东荡子的诗》,暨南大学出版社,2014 年 3 月版,及《杜若之歌:东荡子诗选》,海风出版社,2014 年 9 月版)

你把一滴光阴掰成了两半

我一度相信那神奇的液体,出自深山,
或者一条僻静的巷子,经一双老了的手,
慢慢酿制,且要深谙火候,
因为发酵——在一只捂好了的木桶里

而那些流逝得太快的时光,应当留给他们
他们热衷丰收,满足于颗粒归仓
让他们夜以继日,张灯结彩,车水马龙
把你刚刚出锅的酒浆装进坛子,也送到他们手上
相信因为短暂,你把一滴光阴掰成了两半

2013.3.31 九雨楼

(收入《东荡子的诗》,暨南大学出版社,2014 年 3 月版,及《杜若之歌:东荡子诗选》,海风出版社,2014 年 9 月版)

我追踪过老鼠的洞穴

我追踪过老鼠的洞穴,它们有两个洞口。
如果在一头打草,惊蛇便伺机从另一头逃跑;
如果把两头死死堵住,再一寸一寸将土扒开、挖走,
也不必窃喜,因为洞穴的中部,它们开辟了岔道,
那里可以藏身,还可以用作仓库,储藏明天的粮草。

我见过的老鼠如此镇定,即便把洞穴挖成沟槽,
不到最后一刻,它们也不会让半截尾巴露出,掉以轻心。
看看吧,这里什么都不曾发生! 但如果由于退缩、挤压,
蜷在里边的幼鼠忽然发出了梦呓,噢,原谅它们!
它们嗷嗷待哺,还从未打开过眼睛。

2013.4.2 九雨楼

（收入《东荡子的诗》,暨南大学出版社,2014 年 3 月版,及《杜若之歌:东荡
子诗选》,海风出版社,2014 年 9 月版）

有一种草叫稗子

有一种草叫稗子，也叫秧虱。
它结的籽，要用来酿酒，还味道醇美。
但在我的家乡，无论稗子还是秧虱，你都不能叫，
你一开口，立刻就有人把它从稻田里拔掉。
它生长健旺，比禾苗高，
它的籽粒却比稻谷小。
可在插田的时候，你分不清它是稗子，还是禾苗。

2013.4.4 九雨楼

（收入《东荡子的诗》，暨南大学出版社，2014 年 3 月版，及《杜若之歌：东荡子诗选》，海风出版社，2014 年 9 月版）

祭坛

有人修桥补路,有人伐林烧山。
有人夜里狩猎,有人白天分赃。
他说爱和仇恨,住在同一个祭坛。

前面马不停蹄,后面落满尘埃。
他死于山巅,你溺水而亡。
莫非祭坛,只有一炷香的时间。

2013.4.4 九雨楼

(收入《东荡子的诗》,暨南大学出版社,2014 年 3 月版,及《杜若之歌:东荡
子诗选》,海风出版社,2014 年 9 月版)

安顿

声音有自己生长的方向，花朵和果实，
也都要遵循自身的意愿。
唯独你，一点一滴围住他，不声不响，
让他习惯挣扎，奔走于刀尖。

然而在你的身上，猫的脚步和虎的长须，
这两个极端的属性，终而统一，
他会跟你醒来？若他翘首以盼，
则把种子安顿，连伤口也遗忘。

2013.4.4 九雨楼

（收入《东荡子的诗》，暨南大学出版社，2014 年 3 月版，及《杜若之歌：东荡子诗选》，海风出版社，2014 年 9 月版）

密：你不忍看到的也会到来

在人群中，只有一个人，他在说话
用涂满天空的泥泞说出耳朵和各种颜色
但铜在锈蚀，在关闭街道、楼房与凝重的身影
你在其中，递给我玫瑰，有黑夜般大小，我曾对它
如此钟情。稍待，你不忍看到的也会到来

2013.4.5 九雨楼

深：蓝色的羽，已开始泛白了

为何事情变得如此蹊跷，一点点的弯
或者弧，就带走了我的全部。因为太深
你在最后走出我的身体。秘密依然在建筑
它还要深锁一个从未瞭望的祖国。铜啊
我不能呼唤，蓝色的羽，已开始泛白了

2013.4.5 九雨楼

那：铜的手指驾驭的琴弦

可是，在那边一切都恰如其分。绚丽的一天
在日出时回觅过去的痕迹。坐着，或站着
或移动身体的任何部位，都不曾为你所预料
白的那么白，黑的那么黑，张望的仍然张望
红的却在泄露——铜的手指驾驭的琴弦

2013.4.5 九雨楼

又：你的窗口仍在投入楼塔的怀抱

夜晚总是长的，而且来得很快，你始料不及
又在跌入深渊。但如果，你是死去活来的
你会躲过时间的捕；你会说：亘古的铜
被吞噬，或者分娩，我都愿意，若我锈迹斑斑
说出这些为时尚早，你的窗口仍在投入楼塔的怀抱

2013.4.5 九雨楼

在：花开不败，远隔重洋

听不见尖叫，也听不见私语。现在的确静了
动物不在世界上，草木会疯长。但悦耳的铜片
并非从墙角移到它们的体内——依然惊心动魄
他想：这是一场持久的战争，该看见大陆
在自己的祖国，花开不败，远隔重洋

2013.4.5 九雨楼

逝：在沉睡中变幻一张辽阔的脸

不。矫情的、无力的手,捂住了过去
看不清他们的汹涌。你如从海上来
你便有波涛的眼睛,绕过惊天的坠落
你会看见,炫白的,不再是金属的声音
它们在逝去,在沉睡中变幻一张辽阔的脸

2013.4.5 九雨楼

当你把眼睛永久合上

他们在到处寻找高地,要四面开阔,环抱在绿色中,
以备将来在天之灵得到很好的休息,
并能从这里望得更远。

他们在到处寻找石头,要刻得下他们的脚印和身影,
无论生前有多少磕碰、趔趄,
石碑上的字迹也一定要刻得端正,不能有半点歪斜。

我仿佛已看到他们不朽的轮廓,跟你现在相差无几。
但当你把眼睛永久合上,他们是否知道,
你的脸庞朝外,还是侧向里边。

2013.4.6 九雨楼

(收入《东荡子的诗》,暨南大学出版社,2014 年 3 月版,及《杜若之歌:东荡子诗选》,海风出版社,2014 年 9 月版)

瞭望

不必试图安慰一个从战场上溃败下来的人。
对于胜利者,也不要把你的鲜花敬献。
一个站在高高的城楼,一个俯身抱着断墙,
他们各自回到营寨,都在瞭望,心系对方。

2013.4.7 九雨楼

(收入《东荡子的诗》,暨南大学出版社,2014 年 3 月版,及《杜若之歌:东荡子诗选》,海风出版社,2014 年 9 月版)

他们丢失已久

残渣、碎片和污染了的水,以及不再流动的空气,
你让它们熔于一炉,亟待新生,重现昔日的性灵;
你也应该去探访那些还在路口徘徊的人,他们丢失已久,
尚不知,你已把他们废弃的炉膛烧得正旺。

2013.4.8 九雨楼

(收入《东荡子的诗》,暨南大学出版社,2014 年 3 月版,及《杜若之歌:东荡子诗选》,海风出版社,2014 年 9 月版)

复活经或枕边书（未完）

1

从今天起，你苏醒了，不再沉溺，

你信奉的种子已经破土，现在已满足于你的心，

阳光是昨天的，也是明天的，你坐在它的下面，它便是你的。

你不必崇拜，不必畏惧，从此，也不再被煽动，

没有任何权力能使你害怕，也没有任何机器能阉割你。

你只需做自己的事情，哪怕是赞颂，

像他们一样，一切赞颂都归自己，

而被你伤害的，和被你折磨的自然和心，

转回来又伤害和折磨你，这等景观——

你一直死于那扇看不见的门，它已不复存在。

2

你祈求的神，从今天起没有了，

如果有，你就是自己的神；

如果有天使，你就是自己的天使。

你不被谁创造，也不被谁统治，你从来没有获得过救赎；

你没有王，如果有，你就是自己的王。

即便阿斯加，也不是一个指得出的人，他是你们中的任何一个，

他见证并记录了你们的过去，他是一个声音，随你们发出。

3

这本书，可以放在枕边，放在厕所，放在所有顺手的地方，

如果没有醒来，就不必信奉。它没有作者，只由阿斯加代劳记录；

它只是你们痛苦后的忏悔，淌着你们一点一滴的血，凝聚而成。

你们醒悟了，用手轻轻地翻开它，会看到你们凶险的过去，

它仍然警醒你们，不必急于说：多么幸福，不再回到那条路上了。

愿你们捧着这本书，在一天的劳顿和快活之后，

躺下来，默默地读，直到轻松睡下。

4

你们要求快乐，你们便拥有快乐。有些人不信，后来信了。

他们说：我有多高呢？不应踮起脚尖，在矮矮的山丘，

盯着云端的山峰望洋兴叹；若我已尽自身的力气，

哪怕只有一米高，和他们的快乐一样，都是自己最大的快乐。

你们要求成功，你们便拥有成功。有些人不信，后来信了。

我要做什么啊，难道我想拽住权力的拐杖，

我想天下的财富尽收囊中，炫耀私欲，飞扬跋扈吗？

我最终想的快乐啊，匹配我自身，我在劳作中便拥有它。

……

2013 九雨楼

编后记

　　我们期待已久的《东荡子诗文集》(诗卷、文卷)终于出版了。相对于已出版的东荡子其他诗选,它的意义和重要性不言而喻。

　　东荡子生前先后有《不爱之间》(1990)、《九地集·东荡子诗选》(1997,广州《面影》诗刊编印)、诗合集《如此固执地爱着》(1999)、《王冠》(2005)、《不落下一粒尘埃:东荡子近期作品》(2009,《诗歌与人》编印)、《阿斯加》(2010)、《东荡子诗选:第八届"诗歌与人·国际诗歌奖"专号》(2013)行世;去世后不久,又有友人编辑的两个诗歌选本,即余丛编的《东荡子的诗》(2014)和浪子编的《杜若之歌:东荡子诗选》(2014)。

　　需要说明的是,诗集《不爱之间》版权页上标识为1989年6月第一版,实为错讹。根据我们多方调查与考证,诗集最迟在1990年夏天出版。而且,东荡子在自我介绍的文字中一直认定《不爱之间》系1990年出版。因此,我们也循此说而行。

　　东荡子早年在家乡主编过两期《青年诗报》(1987年、1988年各一期),并以多个笔名在上面发表诗作。现在我们把能够确认的作品一并予以收录。1988—1990年间,东荡子在家乡的《雪浪花》诗刊上有多首诗歌发表,诗文集也予以收录。1993年秋天东荡子还创办、主编过《圣坛》诗刊,其中大部分诗作均已收入后来的《九地集》或《王冠》,我们在此补录了几首未曾被收录的作品。东荡子曾经的理想是像惠特曼那样出一本《草叶集》,集中一生中所有精粹的诗歌,因此他并不在意自己一些次要的诗歌。对东荡子早年的这部分诗歌作品的寻找与收录,旨在让读者从中看到东荡子诗艺发展演变的某种轨迹。

　　此次诗文集的编辑,我们主要遵循以下几点原则:

　　一、最大限度地收录所能搜罗到的东荡子的作品文字。目前,东荡子最重要的诗文均已收录在内,虽未能以全集冠名,但我们是朝着全集的方向努力的。

　　二、所收作品的内容与标题,均以东荡子最后改定的版本为准;对于前后有较大改动甚至已成为两篇不同作品的诗歌,均以改动后的诗歌作品为准,改动前的原版本以附录的形式加以编排收录,但对内容相同而标题有异的只录其一,且在作品后面予以说明。

三、按照作品具体创作时间先后编排,不能具体到某个月份的按照年份编排,不能具体到日期的按月份先后编排;东荡子的大部分作品后面都附有时间落款,遇前后诗集中时间落款不一致,则以最后改定的时间为准。

四、尽量以东荡子生前最后编定的公开出版的个人诗集(即《不爱之间》《王冠》《阿斯加》)为依据,在每首作品后面均标明被收录的相关信息;没有被这三本诗集收录的,再以其他个人诗集为参考;以上所有诗集都没有收录的,则尽量标识原发表信息。未发表或暂时查不到发表信息的,则暂留空白;东荡子生前未发表但同时收入《东荡子的诗》和《杜若之歌:东荡子诗选》的13首诗歌,作品后面均予以标识。

五、有6首已经发表过的诗歌,包括《无能之辈》《痛苦比羽毛还轻》《灵魂》《歉意是永远的》《不为人知的生命》《这个人一直在等》,由于某种原因,未能收集在诗文集里。另外,《他们在黑暗中行进》一诗,也因某种原因,诗文集未能采用原来的标题。

本诗文集编辑的具体分工:世宾负责诗文集的统稿,并撰写导言;聂小雨负责诗文集的资料收集及文字校对;苏文健负责诗文刊发情况的标识及东荡子年表的改定。

感谢安徽文艺出版社的大力支持。本书责任编辑姜婧婧不辞辛劳,从各个方面提供了热情帮助和参考意见,在此表示真诚的感谢。

感谢诗歌,感谢友谊,感谢热爱东荡子及其诗歌的朋友们。

最后,由于时间仓促及资料搜集等困难,诗文集难免存在诸多不完备的地方,还请读者朋友们不吝赐教,以便日后再版时及时补充。

编者
识于 2017 年 9 月